밀림, 그 끝에 서다

밀림, 그 끝에 서다

1판 1쇄 2019년 8월 6일

지은이 정해윤

펴낸이 모계영 **펴낸곳** 가치창조
출판등록 제406-2012-000041호
주소 서울특별시 영등포구 영신로220, 1101호 (영등포동8가, KnK디지털타워)
전화 070-7733-3227 **팩스** 02-303-2375
이메일 shwimbook@hanmail.net
ISBN 978-89-6301-178-3 43810

가치창조 공식 블로그 http://blog.naver.com/gachi2012
단비청소년은 가치창조 출판그룹의 청소년책 전문 브랜드입니다.

이 책은 문화체육관광부, 전라남도, (재)전라남도문화관광재단의 후원을 받아 발간되었습니다.
문화체육관광부 전라남도 전남 문화관광재단

밀림, 그 끝에 서다

정해윤 지음

단비청소년

작가의 말

요즘 아이들은 종종 아프다. 개인적인 이유가 대부분이지만 그 개인적인 이유라는 것이 큰 틀에서 비춰 보면 오로지 개인의 문제가 아님을 알 수 있다.

시스템 밖의 아이들!

어느 날 틀에서 벗어난 아이들이 내게 말을 걸어 왔다. 대부분 주변의 도움이나 보호를 받지 못하는 아이들이었다. 상황이 조금씩 다를 뿐 그들은 지독히 앓고 있었다. 못 본 척 지나치기 어려웠다. 그렇다면 지금, 여기를 살고 있는 청소년들의 일상은 어떤가. 그들을 둘러싼 현실은 염려하지 않아도 될 만큼 안전한가. 또한 그들은 폭력의 문제에서 자유로운가. 청소년이 처한 현실이란 생각처럼 안전하지 않다. 가정과 학교, 사회의 무분별한 폭력에 노출되어 자유롭지 못하다. 현실에서 발생하고 있는 청소년 범죄는 청소년의 전유물이 아니다.

사회 전반에 걸쳐 나타난 문제를 굳이 청소년의 문제로 꼭 집어 말하는 것과, 그것을 부각시키는 것은 사회의 문제를 약화시키기 위한 기성세대들의 잘못이라 할 수 있다. 특히 사회적 이상 현상이 마치 청소년의 전유물인 것처럼 기사화되는 일은 안타까운 일이 아닐 수 없다. 청소년의 일상에 잠재해 있는 어떤 어긋남, 깨질 수밖에 없는 일상의 균열 등을 포착하여 이야기할 때, 청소년의 일상 자체에 내재해 있는 문제를 구체화하여 확대해 나가야 하는 이유가 여기에 있다.

여기에 실린 여섯 편 중 세 편의 작품은 폭력을 주제로 하고 있다. 가족이라는 테두리로 묶인 채 행해지는 폭력과 소수자를 향한 사회 집단의 폭력, 그리고 말이 가지는 속성 중 소문에 희생되어 가는 청소년의 모습을 담고 있다.

〈그림자 세탁소〉는 의붓아버지의 성폭행에 대항하지 못하고 분열되어 버린 동우의 이야기를 그렸다. 성폭력은 단 한 번의 경험만으로 삶에 균열을 낸다. 그것이 어떤 시기이든 그렇겠지만, 성 정체성이 확립되기 시작한 청소년 시기라면 문제는 훨씬 심각할 것이다. 이 작품은 출구 없이 살아가는 청소년의 모습을 있는 그대로 드러내고 있다. 반성장 소설의 형태인 열린 결말의 구조를 취했다.

〈붉은 탑에 오르다〉는 현실에 드러난 소수자의 이야기를 SF라는 프리즘을 통해 모색했다. 작품의 배경이 되는 케플러-62e는 동성애자들로 이루어진 사회이다. 소수 집단에 속한 이성애자가 동성애라는 이데올로기의 폭력에 대항해 투쟁하는 이야기다. 이성애자와 동성애자의 뒤집힌 현실을 보여 주기 위해 SF 형식을 차용했다. 사회라는 구조적 틀 속에 갇혀 집단적 폭력을 당하는 주인공을 통해 소수자들의 모습을 그리고 싶었다.

〈파마의 성〉은 현실 세계인 1차 세계에서 환상의 공간인 2차 세계로 넘어가는 판타지의 구조를 하고 있다. 소문이라는 속성상 현실을 배경으로 하기가 쉽지 않기 때문이다. 주제가 되는 언어폭력은 보이지 않기 때문에 문제가 더 많다고 할 수 있다. 최근 신체적 폭력이 줄어든 반면 언어폭력은 세 배 가량 증가했다는 언론 보도가 있었다. 이는 신체적 폭력에 비해 언어폭력은 증거를 남기기 어려워 처벌이 어렵기 때문이다. 언어폭력의 심각

성과 그에 따른 책임감, 그리고 우정을 통해 성장하는 청소년의 모습을 보여 주고 싶었다.

〈농〉은 다문화 가정의 모습을 그렸다. 주인공 윤은 영원한 이방인으로 살아가는 엄마의 모습이 안타깝다. 윤은 그런 엄마를 이해하지만 사실은 이해하고 싶지 않다. 자신의 모습으로 살아갈 수 있도록 엄마를 떠나보낼 결심을 한다. 그것이 자신에게 가지가 꺾이는 아픔이라는 것도 잘 알고 있다. 그럼에도 그런 결정을 한 것은 엄마가 같은 여성임을 깨닫는 데서 온 것이다. 나답게 살아가는 엄마의 모습이야말로 미래의 윤의 모습일 것이다.

〈포트폴리오〉는 자신의 앞날을 차곡차곡 준비하는 주인공이 의외의 사건을 겪으면서 사회의 단면을 들여다보는 이야기이다. 특목고를 준비 중인 주혜는 봉사 점수가 필요해 달동네에 가게 된다. 그곳에서 할머니를 만나게 되는데 이분이 보통 분이 아니다. 개인주의 성향이 강한 요즘 아이가 공동체적 정신으로 무장된 할머니의 모습을 보게 된다. 할머니의 그런 모습이 낯설어 강하게 부인하던 처음과 달리 시간이 지날수록 감정을 이입하고 만다. 그리고 친구가 된다.

〈밀림, 그 끝에 서다〉는 편의점을 배경으로 한다. 그곳은 고등학교를 자퇴한 주인공의 일터다. 주인공은 세상을 향해 문을 닫은 지 오래다. 그건 주인공의 잘못이 아니다. 세상의 어른들이 그렇게 몰고 간 점이 없지 않다. 밥벌이에서 멀어진 아버지가 그렇고 편의점 사장이 그렇다. 그런 윤재의 유일한 소통이란 바로 편의점의 CCTV를 보고 말하는 것이다. 하지만 하룻밤의 사건을 경험하고 윤재는 밀림에서 친구를 발견하게 된다. 윤재가 세상을 향해 한 발 성큼 내딛기를 바란다.

이처럼 여러 방식으로 주인공과 만나고 소통하고자 했다. 또한 나는 나만의 방식으로 그들을 위로하고자 했다. 사실 위로라 하기에는 거창한 느낌이 없지 않다. 그렇더라도 그들이 처한 상황을 보여 주는 것만으로 위로가 되지 않을까 싶었다. 나는 그렇게 그들을 만났다. 그리고 내가 할 수 있는 최선은 그들을 들여다보는 것, 주인공의 입을 빌려 말을 하게 하는 것이었다.

그럼에도 불구하고 글을 쓰는 미숙함으로 제 속에 들끓고 있는 말을 다 뱉어 내지 못한 부분이 없지 않다. 그 점이 책 속에서 울고 웃는 친구들과 이 책을 읽을 청소년들에게 미안할 따름이다. 하지만 저들은 작가가 생각하는 것보다 더 많이, 더 깊이 나아갈 것이 틀림없다. 나는 믿는다. 책 속에서 제 목소리를 내고 있는 아이들과 눈 밝은 독자들을.

앞으로도 지금, 여기를 뜨겁게 살아 내고 있는 청소년들과 호흡하는 것은 물론 소통하고 싶은 마음이 간절하다. 그런 의미에서 나의 글쓰기는 계속 될 것이다.

영원한 스승이자 인생의 길잡이가 되어 주신 배봉기 교수님께 꾸벅 절을 올린다.

2019년 가을을 준비하며

정해윤

차례

1.

밀림, 그 끝에 서다

밀림, 그 끝에 서다

무장이 끝났다. 밀림에서 살아남기 위해서는 완벽한 무장이 필요하다. 평화롭기 그지없는 사바나란 없다. 그곳엔 늘 먹이 사슬이 존재하고, 때 아닌 스콜과 느닷없는 협곡이 나타나기도 한다.

오늘밤, 윤재는 자신이 걸어가야 할 밀림을 소리 없이 둘러봤다. 가벼운 흥분과 또 그만큼의 불안이 가슴을 핥고 지나간다. 윤재가 불안을 털어내듯 목장갑 낀 손을 탁탁 부딪쳤다. 빨간 고무가 덧칠해진 장갑에서 둔탁한 소리가 났다. 낮게 울린 그 소리는 편의점을 되돌아와 윤재의 가슴에 가볍게 얹혔다.

새벽 12시 5분이다. 디지털시계가 소리 없이 자정을 넘기고 있었다. 윤재가 카운터에서 일어나 조리식품 매대 쪽으로 걸어갔다. 신선식품 냉장고에는 삼각김밥 두 개와 샌드위치 세 개가 남아 있었다. 모두 유통기한이 5분 지난 것들이다. 방금 전 폐기 처리된 것들로 더는 팔아서는 안 된다. 혹여 구매를 원하는 손님이 있다 하더라도 바코드가 찍히지 않거나 모니터에 바로 경고창이 떴다. 윤재가 삼각김밥과 샌드위치를 비닐봉지에 담았다. 그러다 흘깃 뒤를 돌아봤다. 등 뒤가 뭔 가에 쏘이는 듯해서였다. 윤재의 시선을 붙든 건 감시 카메라였다. 편의점에는 모두 카메라 다섯 대가 작동 중이다. 출입문과 카운터에 각각 한 대씩, 나머지 세 대는 매장의 사각지대에 설치돼 있다. 윤재는 감시 카메라가 늘 한곳만 바라보는 것이 안쓰럽다. 사람이나 움직이는 뭔가가 나타나지 않으면 죽은 거나 다름 없기 때문이다. 하지만 죽은 거나 다름없는 정지 화면 속에도 수많은 이야기가 들어 있다고 생각한다. 윤재가 그중 한 녀석에게로 다가갔다.

"오늘도 북극곰이 나타날까?"

윤재가 감시 카메라를 응시한 채 중얼댔다. 매장의 오른쪽 벽과 정면 벽이 만나는 모서리에 설치된 녀석이다. 카메라 중 제일 한가해서인지 유독 외로움을 많이 타는 놈이다. 그래서 윤재는 저 녀석과 자주 눈을 맞춰 준다. 윤재가 북극곰에 관한 이야기를 할 때면 녀석은 특히 귀를 세워 집중하곤 한다.

"근데 날씨가 쩐다 쩔어."

"이런 날씨라면 북극곰도 움직이기 싫겠다."

"그래도 배고픈 건 절대 못 참는 것 같던데."

윤재의 목소리가 카메라 너머로 흡수된다.

"그 녀석 한때 내가 입었던 교복 입고 다니더라. 요즘은 기타까지……."

윤재가 카메라를 향해 또 다른 말을 시작하려 할 때, 출입문에 달린 종이 요란하게 딸랑댄다. 침입자다. 아니 손님이다. 윤재가 피식 웃음을 흘렸다. 손님은 평범한 샐러리맨이었다. 넥타이가 반쯤 풀린 취객이다. 이 시간에 가장 익숙한 풍경이다. 윤재가 얼른 카운터로 향했다. 유리 너머로 보이는 플라스틱 원탁에 비슷한 사람들이 대여섯 명 모여 있다. 간단히 숙취를 해결하고 2차를 갈 모양이다. 샐러리맨이 냉장고 쪽으로 비틀대며 걸어갔다. 몹시 갈증이 나는 눈치다. 드르륵 문을 열더니 물병의 마개를 비틀었다. '크' 소리를 내며 물을 마시더니 카운터를 향해 걸음을 뗐다. 반쯤 남은 물병과 숙취 해소 음료 박스가 카운터 끝에 놓였다.

"삼만구천 원입니다."

스캐너가 삐 소리를 냈다.

"야, 이거 마시면 술 깨냐?"

거침없는 반말이다. 윤재는 술 깨는 음료수니 그럴 거라고 적당히 얼버무렸다.

"말짱 헛소리인거 다 알아. 더러워서 내가 속아 준다."

샐러리맨이 혀 꼬부라진 말과 함께 카드를 탕 하고 카운터에 놓는다. 윤재는 대꾸 대신 카드를 긁었다. 한도 초과였다. 윤재가 다른 카드나 현금이 없냐고 조심스럽게 물었다. 샐러리맨이 현금을 달라고 한 건 탈세를 하기 위해서냐고 고함을 질렀다. 그러고는 반쯤 풀린 넥타이를 잡아챘다. 넥타이가 날개 달린 뱀처럼 날아와 윤재의 목을 스쳤다. 윤재는 자세를 고쳐 앉았다. 너무 익숙한 풍경을 오랫동안 보게 되면 일종의 마비증이 일어난다. 그럴 때면 이상스러운 사물에 의해서만 관심이 자극될 수밖에 없다. 특히 밀림에서는 더 그렇다. 독이 없는 물뱀이라고 선불리 생각했다가 카스카벨(방울뱀)이나 지보야(왕뱀)에게 물리면 끝장이다. 윤재는 대꾸 대신 침묵을 선택했다. 그럴수록 샐러리맨의 목소리가 점점 높아졌다. 카드를 집어 던지며 방금까지 썼는데 그럴 리가 없다고 생떼를 썼다. 윤재는 보란 듯이 카드를 주워 와 다시 한번 천천히 긁었다.

"더러워서 안 마신다."

샐러리맨이 숙취 해소 음료를 손으로 밀쳐 냈다. 윤재는 이 소란을 밖에 있는 넥타이들이 알아채 주기를 바랐다.

"천 원입니다."

윤재가 유리창을 흘깃대며 말했다. 하지만 유리 너머 사람들은 자기들 이야기에 빠져 있다. 카드를 챙긴 샐러리맨이 지갑 속을 이리저리 살폈다. 곧 샐러리맨 손가락 끝에 오만 원 권 지폐가 달려 나왔다. 윤재가 사만구천 원을 거슬러 줬다.

"이 새끼가 사람을 놀려!"

샐러리맨이 반쯤 풀린 눈으로 윤재를 꼬나봤다. 윤재는 못 들은 척 검정 비닐봉지에 숙취 해소 음료와 먹다 남은 물병을 챙겨서 건넸다. 그러고는 만천 원을 거슬러 줬다.

"잘해라."

샐러리맨이 으름장을 놓고 사라졌다. 넥타이가 혓바닥을 날름대는 물뱀처럼 그의 뒤를 따랐다. 출입문이 방울뱀처럼 울다 조용해졌다.

윤재가 편의점에 온 지 두 시간째다. 윤재는 밤 열 시에 아르바이트를 시작해 다음 날 오전 일곱 시 반까지 이곳에서 보낸다. 낮 근무를 하는 알바생과 교대를 하기 전, 사장은 금고를 열어 돈을 챙겼다. 언제나 그렇듯 오늘도 사장은 금고를 털며 한마디했다.

"세상이 두 쪽이 나도 내일은 나 찾지 마라."

일요일이면 사장은 골프를 친다.

알바를 시작하고 며칠이 지난 교대 시간이었다. 천정에 걸린 TV에서 뉴스가 흘러 나왔다. 최저임금에 관한 거였다. 그 끝에 알바생의 인터뷰가 이어졌다. 그러자 골프채를 닦고 있던 사장이 한숨과 함께 한마디를 했다.

"우리나라는 저래서 안 돼. 어디 할 짓이 없어서 어린애들 등을 쳐 먹어."

윤재는 그때 안심이 됐다. 하지만 사장의 한숨은 그저 한숨일 뿐이었다. 윤재의 월급은 식대와 누수된 물건값을 제하고 나면 TV에 나와 인터뷰를 하던 알바생보다 못했다.

"장윤재, 좋은 밤 되길 빈다."

"사장님도요."

수익금을 챙긴 사장이 옆구리에 지폐가 든 가방을 끼고 편의점을 나섰다.

"잔반 처리 잘하고."

윤재가 '잔반 처리'를 입속으로 중얼대다 대답 대신 고개를 꾸벅했다. 윤재는 종종 자신이 밀림에 사는 악어새라는 생각이 들었다. 자신이 잡은 먹이를 앞에 두고 눈물을 흘리는 악어와 그의 이빨 사이에 낀 동물의 사체를 먹고 사는 그런 악어새 말이다.

새벽 12시 50분, 불시에 허기가 찾아들었다. 이제 사장이 말하던 잔반 처리 시간이다. 윤재가 비닐봉지를 들여다봤다. 김밥을 꺼냈지만 아무래도 쉽게 먹힐 것 같지 않았다. 입안이 깔깔했다. 속도 더부룩했다. 윤재는 컵라면이 쌓여 있는 진열장을 주욱 훑었다. 제일 싼 컵라면 하나를 집어 들었다. 순간 머릿속에서 700원이 빠르게 뺄셈 처리됐다. 잠깐 망설였다. 하지만 내일 아침까지 버티려면 뭐라도 먹어야 한다. 윤재는 컵라면에 뜨거운 물을 붓고 삼각김밥 비닐을 벗겨 냈다. 김밥에서 삭은 김 냄새가 났다. 울렁이는 속을 달래 듯 컵라면 속 면발을 재빨리 저었다. 익숙한 조미료 향이 올라왔다. 덜 불은 면발을 서둘러 입속으로 밀어 넣었다. 그때 출입문이 조심스럽게 열렸다.

연수 누나였다. 연수 누나는 같은 건물 17층에서 홈쇼핑 콜센터 직원으로 일한다. 늘 야간 근무 조다. 언제나 같은 시간에 편의점에 나타나 같은 장소에서 비슷비슷한 커피를 고른다. 윤재는 혀에 감기지 않는 컵라면을 삼키며 프렌치카페 5개를 계산했다. 아무 말 없이 커피를 챙긴 연수 누나가 밖으로 나가자 윤재는 습관적으로 모니터를 확인했다. 모두 제대로 작동되고 있었다. 화면은 모니터 속에서 10초 간격으로 모습을 바꿨다. 출입구 쪽 카메라에 연수 누나의 뒷모습이 보였다. 윤재는 컵라면 용기를 재활용하기 위해 자리에서 일어났다. 컵라면 속 붉은 기름이 건더기 수프에 엉기기 시작했다.

아버지는 지금쯤 저 혼자 떠들고 있는 TV 앞에 앉아 '먹고 죽은 귀신 때깔도 좋다, 못 먹어도 고고고!'를 외치고 있을 것이다. 벽에는 더러운 작업복이 며칠 째 목을 매고 있을 것이고, 방바닥에는 시큼한 막걸리 병이 뒹굴고 있을 터였다. 아버지는 일감이 없어 밖에 나간 지 오래다.

아버지의 공장은 출발 지점에서 맴돌고 있는 배 같다. 이제는 강의 굴곡 때문에 '에스티롱이스(지그재그)'가 서로 너무 접근되어, 저녁 무렵이 되었는데도 배는 아침에 출발했던 곳에서부터 겨우 몇 미터만 이동했을 뿐이었다.

아버지는 중학교를 중퇴했다. 윤재가 태어나기 전까지 기계공으로 여기저기를 전전했다. 그런 아버지가 처음이자 마지막으로 주변 사람의 덕을 봤다. 아버지에게 덕을 베푼 사람은 다름 아닌 외할아버지였다. 평생을 땅만 파던 할아버지의 손끝에 돈이 생겼다. 상추가 자라던 땅에 신도시가 생겨났다. 아버지는 공장 부지를 얻고 기계를 사들였다. 윤재가 태어나고 크는 동안, 아버지의 배는 넓게 펼쳐진 강을 따라 거칠게 항해했다. 집이 생겼고, 윤재의 방이 생겼다. 좁고 굴곡진 강이 나타날 때라도 아버지는 자신의 밀림에 놓인 늪을 잘 안다고 생각했다. 거기다 아버지는 늪을 능숙하게 빠져나가는 '에스티롱이스'라는 기술을 가지고 있었다. 그것은 앞의 전망을 가려 버릴 만큼 커브가 심한 지점과 지점 사이의 항해 구간을 조심스럽게 운행하는 기술이었다. 그러므로 아버지는 더는 강철을 깎지 않아도 됐다. 그 대신 사람을 부렸다. 적절한 시기에 대출을 받았고 골프를 쳤다. 하지만 거기까지였다. 경기가 급속히 나빠졌다. 아버지의 공장을 필요로 하던 기업들은 값싼 인력을 찾아 해외로 빠져나갔다.

지금 아버지는 골프채 대신 낡은 화투 패를 쥐고, 빛이 들어오지 않는 방에 앉아 고스톱을 친다. 아버지는 자신의 영혼을 그곳에 붙들어 맸다. 손때가 묻어 반들거리는 그것들과 호흡하고 내통하며 의기투합했다. 윤재는 어느 땐가 아버지의 손에서 그것들을 떼어 놓으려 안간힘을 썼다. 하지만 모두 헛수고라는 것을 안지 오래다. 아버지는 화려한 시절의 한때를 붙들고 '먹고 죽은 귀신 때깔로 좋다, 못 먹어도 고고고!'를 외치고 있다.

새벽 2시 10분, 손님이 뜸한 시간이다. 윤재는 어제 다 끝내지 못한 재고 파악을 하기 위해 담배 매대로 몸을 돌렸다. 재고 조사는 일주일에 한 번씩 했다. 누수된 상품의 금액은 알바생이 대신 채워 넣어야 한다. 윤재는 그런 일이 없기를 바라며 꼼꼼히 담배 개수와 장부를 맞춰 나갔다.

윤재가 시계를 흘끔 쳐다봤다. 북극곰이 다른 날보다 늦어지고 있었다. 윤재는 녀석을 볼 때마다 사바나에 살고 있는 동물을 모조리 떠올렸다. 하지만 도무지 어울리는 놈이 없었다. 녀석은 분명 성큼성큼 걷고 있지만 산만 한 덩치 때문인지 끝없이 펼쳐진 설원을 느긋하고 한가하게 걷는 것처럼 보인다. 날렵해 보이는 턱 선에 비해 순하게 보이는 얼굴이 영락없이 북극곰을 떠올리게 한다. 북극곰은 한때 윤재가 입었던 교복을 입고 다녔다. 거기다 요즘은 가방 대신 기타를 메고 다녔다. 기타를 멘 북극곰이라니…….

그때 밖에서 요란한 오토바이 소리가 났다. 피라냐 떼였다. 곧이어 출입문이 거칠게 열렸다. 피라냐들은 모두 모자를 깊이 쓰고 있었다. 윤재는 뻣뻣해지려는 몸을 달랬다. 그러고는 카운터 아래에 있는 비상전화를 향해 발을 빠르게 놀렸다.

"움직이지 마라, 다친다!"

키가 멀대 같은 녀석이 카운터를 향해 뚜벅뚜벅 걸어왔다. 윤재가 재빨리 비상전화에 발을 디뎠다. 하지만 멀대의 주먹이 빨랐다. 고개가 옆으로 휙 꺾인 채 윤재가 벽을 잡고 주저앉았다. 감시카메라 모니터가 코앞으로 다가왔다. 그 바람에 화면이 한눈에 들어왔다. 카메라가 흑백영화 한편을 찍고 있었다. 매장 여기저기를 쑤시고 다니는 피라냐 떼가 보였다. 피라냐 떼는 밀림을 따라 흐르는 강에 산다. 강변을 따라 고기를 말리는 건어장이 이어지고 도살된 고기는 강물을 따라 피를 흘러 보낸다. 나머지 부산물과 뼛조각은 물속에 서 천천히 썩어간다. 그곳에 몰려드는 피라냐 떼는 황금빛 몸체를 번쩍이며 먹이를 향해 달려들곤 한다. 피라냐 떼는 언제나 조심해야 한다. 피라냐 떼에게 잘못 물리면 손가락이 잘려 나가는 상처를 입기 때문이다. 윤재는 갑자기 눈앞에 펼쳐지고 있는 현실이 전혀 현실처럼 느껴지지 않았다.

멀대가 금고를 거칠게 열었다. 눈앞에서 현금이 순식간에 사라졌다.

"그건 안……."

윤재가 몸을 날렸다. 불이 번쩍하면서 귓불이 뜨거워졌다. 윤재는 휘청거리는 몸을 벽을 붙잡고 간신히 지탱했다.

"나머지는 오늘 알바비 해라."

금고에는 동전만 수북했다.

"인마, 재수 좋은 줄 알아."

매장을 돌아 나온 녀석들 손에 전리품이 가득했다.

"가자!"

밖을 살피고 있던 녀석이 고개를 까딱했다. 순간 출입문이 조용히 열렸다. 북극곰이었다. 언제 나타났는지 북극곰이 거기 딱 버티고 있었다. 막 밖으로 나서려던 멀대가 편의점 바닥으로 나가 떨어졌다. 희희낙락대며 밖으로 나가려던 녀석들이 하나둘 전리품을 내던지고 북극곰을 향해 몸을 날렸다. 하지만 북극곰의 동작은 신중하고도 정확했다. 윤재는 믿기지 않았다. 믿기기 않아서 옆에 있는 대걸레를 집어 들었다. '야이, 새끼들아' 소리와 함께 앞뒤 안 가리고 대걸레를 휘둘렀다. 체면을 구긴 멀대가 벌떡 일어나다 윤재가 휘두른 대걸레에 맞아 다시 쓰러졌다.

멀대는 땅에 엉덩이를 처든 채 코를 잡고 몸을 뒤틀었다. 코피가 멀대의 볼을 적시고 있었다. 밖에서 사이렌 소리가 났다. 곧이어 경찰관들이 매장으로 들어왔다. 그것으로 상황 끝이었다.

"이런 씹새들, 두고 보자."

피라냐 떼가 쌍욕을 퍼붓고 경찰과 함께 사라졌다. 대걸레를 손에 든 윤재의 무릎이 탁 꺾였다. 북극곰이 현금이 든 지갑을 건넸다. 지폐를 안은 윤재의 가슴에 연신 땀이 흘러내렸다.

뒤늦게 연락을 받은 사장이 헐레벌떡 뛰어들었다. 잠을 자다 왔는지 머리에 빈 까치집이 덩그러했다. 사장은 들어오자마자 현금을 챙겼다.

"이런 피라미 떼 같은 새끼들이 여기가 어딘 줄 알고."

사장이 편의점을 휘 둘러봤다. 피라냐 떼가 몰고 온 스콜은 위력적이었다. 매장 여기저기 물건이 떨어져 난장판이었다. 사장은 자신의 눈으로 보고도 이렇게 물었다.

"못 쓰게 된 물건 많냐?"

사장은 이미 경찰서에서 사태파악하고 왔을 게 분명한데 으름장이었다.

"하, 낼 골프 치는데 지장이 많겠는데."

사장은 윤재를 보며 어디 다친 데 없냐고 묻지 않았다. 윤재 이마에 난 상처를 흘긋 보고 병원 가 보라고 했다. 후유증 생기면

자기만 골치 아파진다고 했다. 잠시 따뜻한 온기에 젖어 있던 윤재의 가슴이 싸늘하게 식어 갔다. 그리고 갑자기 나타나 피라냐 떼를 쫓아낸 건우가 원망스러웠다. 이런 소리를 들을 바엔 차라리 매장에 나타난 그 녀석들을 내버려 둘 걸 하는 생각이 들었다.

"잰, 뭐냐?"

매장을 이리저리 헤집고 다니던 사장이 건우를 발견하고 물었다. 역시나 경찰서에서 분명히 건우에 대해 듣고 왔을 텐데도 모른 척했다.

"친구예요. 오늘 쟤 아니었으면 진짜 큰일났을 거예요."

"큰일은 무슨! 고작 피라미 새끼들 가지고."

사장이 계속 딴청이었다.

"쟤는 기타까지 깨져서 못 쓰게 됐어요."

윤재가 구석에 있는 기타를 가리켰다. 북극곰이 기타를 감싸고 있는 커버를 벗겨 내고 있었다. 기타는 울림통 부분이 깨져 있었다. 보상은 그렇더라도 고맙다는 말 한 마디는 정도는 너무 당연한 거니까.

"그래? 암튼 고마운 친구네."

사장이 깨진 기타 얘기는 못 들은 척하며 건우에게 손을 내밀었다. 건우가 씁쓸한 얼굴로 사장의 손을 잡았다.

"이건 어디까지나 사고니까 알바 비는 주던 대로 줄게."

사장이 크게 인심 쓴다는 얼굴을 했다. 윤재는 흑백 화면처럼 돌아가던 모니터 속 영상을 사장 면전에 들이대고 싶었다. 그걸 보고도 차마 저런 소리를 할 지 의심스러웠다.

"낼 이거 가지고 병원 가 봐."

사장이 지갑에서 만 원을 꺼내 윤재에게 내밀었다. 분명히 치료비 줬으니 더는 딴소리하지 말라는 뜻이다.

"에이 씽, 빨리 빨리 치워. 작살 난 물건들 하나도 버리지 말고 잘 챙겨 놔. 그 새끼들 다시는 못 그러게 왕창 독박 씌울 테니까. 알고 봤더니 엄청 부잣집 도련님들이더구만."

사장이 큰 소리로 말했다. 똑바로 잘하라는 말을 남기고 매장을 나갔다. 윤재가 사장을 향해 고개를 까딱했다. 손에 들린 만 원이 같이 허리를 숙였다.

오늘도 어김없이 북극곰이 왔다. 그것도 제일 필요한 순간에 영웅처럼 등장했다. 윤재는 진짜 한편의 흑백영화를 본 것만 같다. 아니 얼떨결에 북극곰과 함께 영화 한편을 찍은 것 같았다. 윤재의 생각이 맞았다. 녀석은 진짜 북극곰이었다.

"오늘 진짜 고마웠어요."

윤재가 북극곰에게 건넨 첫마디였다.

"난 김건우야, 넌?"

북극곰의 목소리는 우렁우렁했다.

“장윤재요.”

“요?”

“아니, 그게 고마워서…….”

“그래서 말 높이게?”

“그건 아니고.”

예상대로 북극곰과 윤재는 17살 동갑이었다.

“윤재야, 오랜만에 힘을 썼더니 진짜 배고프다.”

건우의 눈이 웃고 있다. 윤재는 녀석이 뭘 좋아하는지 훤히 꿰고 있다. 녀석은 항상 조용히 출입문을 열고 들어와 어김없이 진열장 중앙을 향했다. 그러고는 천천히 자신의 먹이를 챙겼다. 계산대에 나타난 녀석의 품에는 늘 그렇듯 즉석식품과 과자가 한 아름이었다. 윤재가 감시 카메라 너머의 누군가와 소통하듯 저 녀석은 음식과 얘기를 나누는 것 같았다. 윤재는 무심한 척 과자 봉지와 즉석식품의 바코드를 스캔하곤 했었다.

윤재는 아무렇지 않게 자신의 이름을 부르는 녀석이 좋았다. 누군가 저렇게 큰 소리로 자신의 이름을 불러 준지가 얼마만인지 모른다. 윤재 또한 누군가의 이름을 소리 내서 불러 본게 언제인지 아득했다.

윤재가 즉석식품 코너로 달려갔다. 냉장고 문을 열고 떡볶이랑 해물스파게티를 꺼냈다. 냉동고에서 고기만두도 챙겼다. 그리고 또 이것저것 손에 집히는 데로 가슴에 안고 왔다.

"누굴 돼지로 아나."

전자렌지에 음식을 넣는 윤재를 보고 건우가 한마디했다. 윤재는 대답 대신 웃었다. '넌 돼지가 아니라 설원을 활보하는 북극곰이야.'라고 중얼거리며 일회용 젓가락을 갈랐다. 윤재가 젓가락을 내밀었다. 건우가 그 젓가락으로 김 오른 떡볶이를 달게 먹기 시작했다. 윤재도 입맛을 다시며 음식 앞으로 다가들었다. 음식이 입에 붙기는 오랜만이다.

윤재는 빈 상자에 부서진 물건을 집어넣으며 깔깔하던 입맛이 다시 돌아와 다행이라 생각했다. 벌써 두 번째 상자가 채워지고 있다. 건우 이마에도 땀이 비 오듯 했다. 깨진 물건을 치우며 건우가 드문드문 자신의 이야기를 했다. 타고난 체격 덕분에 한때 유망한 유도 선수였던 건우, 그러나 지금은 기타를 치는 건우, 유도 선수에서 기타로 갈아타게 된 사연과 운동하던 때 먹던 습관이 남아 있어 지금도 배고픈 걸 못 참는다는 이야기였다. 유도 선수를 그만둔 건 누구한테 맞아서도, 불의의 사고를 당해서도 아니라고 했다. 그저 자기답게 살고 싶어 한 선택이라고 했다. 윤재는 건우가 부러웠다. 자기다워지고 싶어 선택한 삶이라니…….

"그렇게 보지 마. 나도 충분히 힘들었고 지금도 여전히 힘들어."

"여전히 힘들다니?"

"부모님과 여전히 냉전 중이고, 나 스스로도 확신이 없어 여태 질퍽거리고 있으니까."

그래 그렇겠지. 쉽게 살아지는 인생이란 없는 법이니까. 윤재는 건우를 쉽게 이해하지 않기로 했다. 그럴 수도 있겠다고 생각하는 순간 진짜 건우를 오해할까 두려워서였다.

건우가 윤재를 툭 쳤다. 출입문을 서성이고 있는 윤재와 눈이 마주쳤다.

"누구 기다려?"

연수 누나가 아직 오지 않고 있다. 벌써 새벽 3시 50분이다.

"도시락 심부름하는 사람."

"편의점에서 배달도 해?"

건우가 의아해했다. 연수 누나는 함께 근무하는 사람들의 커피도 배달하고 야참으로 도시락도 배달했다. 사무실 사람들 중에서 제일 어린 모양이었다. 커피는 새벽 12시 30분쯤에, 도시락은 새벽 2시에서 3시 사이에 사러 왔다. 생리대를 사가는 날도 많았다. 생리대는 모양이나 크기가 그때그때 달랐다.

"저 사람이야?"

건우가 눈짓을 했다. 열어 둔 출입문으로 연수 누나가 들어왔다. 오늘 따라 더 조심스러운 발걸음이다. 어지러운 매장을 둘러보더니 곧장 냉장고 쪽으로 걸어갔다. 연수 누나가 도시락 5개를 카운터에 내려놓았다. 돈을 건네던 연수 누나의 눈길이 윤재의 이마에 잠깐 머물렀다 거둬졌다. 하지만 그걸로 끝이었다. 무연해진 얼굴로 도시락을 챙겨 밖으로 나갔다. 윤재가 괜히 이마를 만졌다.

"오토바이 녀석들 신고한 사람 같은데?"

윤재가 건우를 빤히 쳐다봤다.

"확실해, 아까 밖에서 분명히 '경찰서죠?' 하는 말 들었어. 내가 그 말만 믿고 저돌적으로 돌진한 거라니까."

윤재는 우연이라 생각했다. 연수 누나는 도시락을 사러 나오다가 피라냐 떼를 보고 경찰에 신고한 것일 뿐이다. 그래도 갑자기 이건 뭐지 하는 생각이 들었다. 건우가 지핀 불씨에 연수 누나가 입김을 불어 넣고 있었다.

"저 누나 좋아해?"

건우가 은근한 목소리로 물었다. 윤재는 그게 아니라고, 그저 자신과 비슷한 사람이라는 느낌 때문에 신경이 쓰이는 거라고 잘라 말했다. 그런데 가슴이 뜨거워졌다. 늘 곁에 있는 사람들보다 감시 카메라가 든든했던 게 사실이었다. 말이 필요 없으니 귀찮게 할 이유가 없고, 무슨 얘기를 해도 토를 달지 않아서 좋았다. 윤재의 말을 듣고도 그저 묵묵히 견뎌 주고 지켜봐 줘서 더 좋았다. 그런데 북극곰과 연수 누나 때문에 가슴이 뜨거워지고 있었다. 윤재는 낯선 감정이 잠시 혼란스러웠다. 그렇지만 나쁘지는 않았다.

새벽 5시, 짧은 여름밤이 물러나고 있다. 편의점 주변으로 뭉근한 새벽빛이 번지기 시작했다. 건우가 깨진 기타를 메고 내일 밤에 다시 오겠다고 했다. 내일은 더 자세히 자신의 이야기를 해 주겠다고 했다. 윤재는 그럼 모레는 내 이야기를 하면 어떨까 하고 생각했다. 윤재는 잠시만 카메라와 이야기하기로 했다. 밀림은 곧 밥벌이를 위해 출근하는 사람들로 북새통이 될 것이므로. 윤재가 카메라 앞에 섰다.

"다행이다. 역시 북극곰이었어."

"걱정하지 마. 연수 누나랑 북극곰이 있어도 할 수 없는 말이 많을 거야. 어차피 인간은 그렇게 쉬운 존재들이 아니니까. 둘한테도 털어놓지 못한 말은 네게 할게. 이제 외롭지 않을까? 그럴 리가……."

윤재는 이번에도 카메라와 오랫동안 이야기하지 못했다. 아버지에게서 문자 메시지가 왔기 때문이다.

'당분간 못 보겠다. 일감이 생겼다고 공장에서 연락 왔다. 좋지? 아 참, 들어올 때 화투 한 벌 가져와라. 절대 잊지 말아라.'

윤재 얼굴에 피식 웃음이 흘렀다. 윤재가 카메라를 보고 '화투 한 벌, 화투 한 벌.'을 옹알댔다. 윤재는 보너스 특쌍피가 여러 장 들어 있는 걸로 챙겨야겠다고 생각했다.

오전 7시 10분, 연수 누나가 문을 밀고 들어왔다. 연수 누나의 퇴근 시간이다. 택배 상자가 쌓인 곳으로 조용히 걸어갔다.

"어, 올 때가 지났는데……."

여전히 혼잣말이다. 연수 누나는 퇴근 시간에 맞춰 택배를 찾아갔다. 함께 근무하는 사람들이 우르르 몰려와 수다를 떨거나 고객들 흉을 보는 것과 달리 연수 누나는 늘 혼자였다.

"아까는 고마웠어요."

윤재가 따로 챙겨 둔 상자를 내밀었다. 택배의 대부분은 손바닥 크기의 시디 같았다. 가끔은 액세서리 상자도 있었다. 그런 다음 날이면 손톱만큼 작은 별이 귀에 달려 있곤 했다.

"그리고, 이 커피 드실래요?"

이제 막 출시를 앞둔 P사의 카페라떼였다. 연수가 커피와 윤재를 번갈아 쳐다봤다.

"같이 마실까?"

의외의 대답이었다. 윤재가 커피에 빨대를 꽂았다.

"이거 잘 팔리겠다."

연수 누나가 빨대에서 입을 떼며 말했다. 단맛 때문에 뒷맛이 개운하지 않던 기존의 제품과 확실히 다르게 깔끔했다.

"설문지 있지?"

"예?"

윤재가 손사래를 쳤다. 공짜이긴 해도 절대 그런 뜻은 아니었다.

"알아, 하지만 어차피 설문 조사 다 해야잖아."

연수 누나는 새침데기가 아니었다. 극도로 위축되고 조심스러워하는 사람은 더더구나 아니었다. 그저 생각이 좀 많은 사람임이 틀림없었다.

"내일 보자, 아니 오늘인가?"

설문지를 다 쓴 연수 누나가 손을 흔들고 나갔다. 출입문이 맑은 소리를 냈다. 밖은 연수 누나가 안심하고 다닐 만큼 밝아 있었다. 다행이었다.

오전 7시 30분.

무장 해제다. 윤재가 손에서 목장갑을 벗었다. 손이 조금 부어 있었다. 윤재는 고무 냄새가 남아 있는 손으로 얼굴을 쓸었다. 문을 열자 더운 열기가 훅 끼쳐 왔다. 하지만 처서가 지났으니 이 지긋지긋한 더위도 며칠 가지 않을 것이다. 윤재는 그런 믿음으로 천천히 한길로 나섰다. 그러다 돌아서서 자신이 방금 빠져나온 숲을 바라봤다. 그곳은 어느 날과는 확연히 다른 느낌으로 다가왔다. 윤재는 어쩌면 자신이 악어새가 아니라 밀림을 아름답게 만드는 아라라 앵무새일지도 모른다는 생각을 하다 피식 웃었다.

저녁 10시가 기다려지는 건 처음 있는 일이었다.

2.
농

농

부음이 왔다. 부음의 당사자는 외할아버지였고 국제 전화를 한 사람은 막내 이모였다. 이모는 엄마를 찾지 않았다. 급하게 소식을 전한 뒤 전화를 끊었다. 윤은 전화비 때문일 거라고 짐작했다. 난감했다. 엄마가 언제 돌아올지 알 수 없었다. 그렇다고 이 시간에 무작정 엄마를 찾아 나설 수도 없었다.

"아빠, 엄마 누구네 일 갔대?"

"엄마?"

아빠의 대답이 어눌했다. 아빠는 윤의 질문이, 자신을 낳은 엄마를 뜻하는지 자신의 아내인 윤의 엄마를 말하는지 알지 못했다.

"큰일 났네."

윤이 혼잣말을 했다.

"무슨 큰일이 나?"

할머니가 현관문을 열고 들어왔다. 윤은 잠시 망설였다. 누구도 아닌 할머니였기 때문이다.

"외할아버지가 돌아가셨대요."

"빌어묵을 양반이네. 이렇게 바쁠 때 누가 목숨 줄을 놓는단 말여."

할머니의 표정이 일그러졌다. 지금은 추수가 한창인 농번기다. 사람들은 이슬이 깨기 시작한 순간부터 일을 시작해서 이슬이 내리기 직전까지 들판을 누빈다. 콤바인으로 남의 집 나락을 베는 할아버지는 한밤중이 돼서야 돌아오곤 한다. 할아버지는 콤바인과 한 몸처럼 보일 때가 많다. 그만큼 힘이 넘친다. 칠순의 노인이란 말이 무색할 정도이다.

"니 어미 못 간다고 혀!"

"말도 안 돼."

"잔말하지 말어."

"다른 때는 몰라도 요번엔 잘 안 될걸요."

윤에게서 새된 소리가 났다.

"느그 어미가 가 버리면 니 애비는 어쩔거여."

또 그 얘기다. 윤은 일단 입을 다물기로 했다. 엄마한테 소식을 전하기도 전에 난장을 만들고 싶지 않았다. 윤은 엄마를 찾는 대신 컴퓨터를 켰다.

"전화 하라는디 뭐햐?"

"번호를 알아야 할 거 아니에요!"

윤도 지지 않았다.

"니 어미한테 입도 뻥긋 말어, 알았어?"

할머니가 사팔뜨기 눈을 굴렸다. 윤은 진저리를 쳤다. 그리고 자신의 선부름을 나무랐다. 아무도 모르게 엄마에게만 조용히 말했어야 했다. 그 순간 컴퓨터에서 경쾌한 시그널이 흘러나왔다. 부팅이 됐다는 신호다. 윤이 사이트를 검색하기 시작했다. 비행기표는 빠를수록 좋았다. 항공사를 클릭했다. 내일 저녁 시간쯤이면 좋겠다는 생각에 한 순간 눈이 번쩍 뜨였다. 윤은 자신도 모르게 안도했다. 비행기표가 있었다. 왕복을 누를까 망설였지만 쓸데없는 생각이었다. 윤이 예약한 것은 베트남 행 편도 한 장이었다.

엄마는 한밤중에 돌아왔다. 마트에서 산 챙이 넓은 모자를 쓰고 있었다. 모자는 새벽부터 잠자리에 들 때까지 엄마의 머리에 얹혀 있기 일쑤였다. 엄마가 모자를 벗어 농 옆에 걸었다. 누렇게 빛이 바랜 농은 윤이 기억하는 한 몇 년째 거기 그 자리에 있었다.

"어, 어……."

그때 잠들어 있던 아빠가 엄마를 찾았다. 아빠는 엄마가 들어오는 것을 귀신처럼 알아챘다.

"얼른 자요."

엄마의 건조한 목소리에도 아빠는 온종일 이 한마디를 기다린 아이처럼 다시 잠에 빠져 들었다.

"윤이 안 잘겨?"

언제 나왔는지 할머니가 눈을 흘기고 있었다. 사팔뜨기 눈이 제자리를 찾으면서 묘하게 표정이 일그러졌다.

"오늘은 나랑 자드라고."

"미쳤어요, 내가 왜 할머니랑 자요."

윤이 방문을 쾅 닫고 자신의 방으로 들어가 버렸다.

"저런 급살 맞을 것이."

할머니가 악담을 퍼붓기 시작했다. 윤은 귀를 막아 버릴까 생각하다 내버려 뒀다. 할머니의 악담은 듣는 사람이 없을 때까지 계속될 터였다. 온종일 일을 했으니 피곤할 만도 한데 지치는 법을 몰랐다. 아빠의 일이라면 더욱 그랬다.

"오늘은 여기서 자야 것어."

할머니가 거실 가운에 요를 깔았다. 안방에서 할아버지가 돌아

눕는 소리가 들렸다. 동시에 윤의 가슴에서 쇳소리가 났다. 윤은 할머니의 핏줄에 대한 집착에 진저리가 났다. 짜증이 팽팽한 긴장으로 변하고 있었다. 도무지 틈이 보이지 않았다. 엄마가 씻고 들어가는 소리가 났다. 기회를 엿보던 윤은 기운이 빠졌다. 잠자리에 들었지만 쉬이 잠이 오지 않았다. 읽다가 둔 책을 꺼냈다. 밤새 뒤척이는 것보다 책을 읽는 게 나을 것 같았다. 윤은 책을 든 채 졸다 깨다 하면서 아침을 맞았다.

다음 날, 윤은 학교에 가지 않았다.

대문을 나서자 드넓은 들판이 한눈에 들어왔다. 동네를 휘감고 있는 땅은 바다를 막아서 된 간척지였다. 특히 해가 지는 서쪽은 여전히 바다라 해도 믿을 정도로 드넓었다. 그 너머에 바다가 있었다.

엄마는 그 길과 반대로 걷고 있었다. 머리에 챙이 넓은 모자를 쓴 채 자신의 일터로 가는 중이었다. 윤은 엄마의 뒤를 밟았다. 엄마는 다행히 동네 어귀를 벗어나고 있었다. 옆 동네에 일이 있는 모양이었다. 그때 마침 버스가 동네를 돌아 나오는 것이 보였다. 윤은 생각할 겨를 없이 엄마를 향해 뛰었다. 그러고는 버스를 세웠다. 문이 열리자 윤이 다짜고짜 엄마를 버스에 밀어 넣었다. 엄마가 놀란 눈으로 윤을 쳐다봤다. 이른 시간이라 버스는 비어 있었다. 윤이 빈자리를 찾아 엄마를 앉혔다.

"외할아버지가 돌아가셨대."

엄마가 눈을 크게 떴다.

"어제 막내 이모가 전화했어요."

엄마는 외할아버지의 부음을 듣고도 울지 않았다. 대신 한숨을 쉬었다.

"어제 저녁에 제가 비행기표 예매했고요."

엄마는 비행기표를 예약했다는 말에 미동도 하지 않았다. 비행기표가 무슨 뜻인지 알아들었지만 실감이 되지 않는 모양이었다.

"공항까지 같이 가요."

윤이 말했다.

"혼자 가도 돼."

엄마가 한참 만에 이렇게 말했다.

버스가 윤이 다니는 학교 앞을 지날 때였다.

"우리 윤, 개근상 타야 하는데……."

윤은 새삼 자신이 학교를 빠진 적이 없다는 사실이 놀라웠다. 하루쯤 빠진다고 해도 세상이 변하지도 뒤집히지도 않을 것이다.

"내일부터 잘 갈게요, 학교."

윤이 엄마의 어깨를 찾았다. 그러자 엄마가 자세를 고쳐 앉았다. 엄마의 둥그런 어깨에 윤의 머리가 닿았다. 버스가 읍내에 도착할 때까지 윤도 엄마도 꼼짝하지 않았다.

"뭐 좀 먹을까요?"

"일단 여기를 벗어나는 게 좋겠어."

엄마가 말했다. 윤이 고개를 끄덕였다. 얼마쯤 있으면 윤의 학교나 엄마의 일터에서 집으로 연락이 갈 것이다. 할머니가 아는 건 시간 문제였다. 읍내에서 시간을 보내는 것은 어리석은 일이었다.

"그럼 차부터 타요."

버스에서 내린 윤이 서둘렀다. 이번에는 엄마가 고개를 끄덕였다. 다행히 광역시로 가는 버스가 출발 대기 중이었다. 버스는 엄마와 윤이 타자 곧 시동을 걸었다. 윤은 광역시에서 내려 엄마와 시간을 조금 보내리라 다짐했다. 광역시는 가끔 친구들이랑 가던 곳이라 맘이 놓였다.

"윤, 네가 있어 다행이야."

"그러게."

"눈 좀 붙일래?"

"아니요, 옛날이야기 해 주세요."

"응?"

"엄마 이야기요."

윤은 엄마를 알아야 했다. 엄마가 모자를 벗었다. 파마가 풀린 머리카락이 버석했다. 윤은 '파마도 해야겠네.'라고 하려다 입을 다물었다. 그리고 생각에 생각을 거듭했다. 어쩌면 엄마와 하는 처음이자 마지막이 될지도 모를 여행이었다.

"엄마는 윤 나이에 아빠를 만나서……."

"너무해."

"누구 탓도 아니야."

"정말 그렇게 생각해?"

"글쎄……."

엄마가 말끝을 흐렸다.

엄마는 아빠를 윤의 나이에 만났다. 열일곱 살에 시집이라니. 끔찍했다. 그리고 그때 서른 살이던 아빠는 교통사고로 이미 정상이 아니었다. 아빠는 고등학교 1학년 때 할아버지 오토바이를 타고 나갔다가 마주 오는 차와 정면으로 부딪혔다. 그 사고로 목숨은 건졌지만 머리를 다쳐 아이가 돼 버렸다. 말이 어눌해 진 것도 그 때문이었다. 아빠의 상태는 생각보다 심각했다.

"단순한 교통사고라고 했어. 상태가 그 정도일 줄은 생각지도 못했어. 너희 아빠를 본 순간 속았단 생각이 들었지만 그렇다고 돌아갈 수 있는 상황이 아니었어."

엄마는 돌아갈 수 없었다. 이미 돈을 받았고 받은 돈의 일부로 이곳에 왔으며 남은 돈은 아픈 아버지 몫이었다. 엄마는 그때도 울지 않았다. 울지 않는 대신 자신의 말을 잃어버렸다. 엄마가 일부러 말을 하지 않는 것은 아니었다. 굳이 말을 할 필요가 없었다. 누구도 알아듣지 못하는 말이라니. 일상에서 자연스럽던 말이 그렇게 사라져 버렸다. 설령 엄마가 자신의 말을 한다고 해도 엄마의 말은 이미 죽은 것이나 다름없었다. 입을 열지 않는 엄마를 본 마을 사람들이 혀를 찼다. 새 신부가 오죽하면 그러겠냐는 뜻이었다.

"새로운 말이 들리기 시작한 것은 너를 낳고부터야."

엄마는 자신의 딸을 낳고 나서야 입을 열기 시작했다. 옹알이하는 딸과 함께 말을 배우고 글자를 익혔다. 말은 쉽고도 어려웠다. 같은 말이 전혀 다른 뉘앙스가 되기도 했고 전혀 다른 뉘앙스가 같은 의미를 낳기도 했다. 오해가 쉬운 것이 말이다. 엄마는 되도록 짧게 말했다. 마을 사람들은 그런 엄마를 신뢰했다. 과묵한 것은 오래된 마을의 덕목이었다. 특히 여자라면 그래야 했다.

"첫딸은 살림 밑천이라지만 다음에는 꼭 아들을 낳아야제."

마을 어른들이 어린 윤을 들여다보며 말했다. 엄마가 그 말을 알아듣기 전에 할머니가 한마디 보탰다.

"요런 것, 셋만 낳으면 그때는 너그 친정에 한번 댕겨 와도 좋아."

마을 어른들 앞이었다. 할머니는 사람들 앞에서 그렇게 공약을 했다. 엄마는 할머니의 손가락을 유심히 살폈다. 분명 셋이었다. 두 살 터울로 동생 둘이 연달아 태어났다. 할머니는 막내 동생이 다섯 살이 되자 그 약속을 지켰다.

"요 넘들 둘은 놓고 갔다 와."

할머니가 동생들을 돌려 세웠다. 그렇게 동생들이 할머니 곁에 남았다. 할머니는 한사코 윤을 딸려 보냈다. 엄마에게 동생들은 볼모였고 윤은 혹이었다.

9년 만이었다. 엄마는 윤과 함께 비행기를 탔다.

엄마는 외할머니의 오열에도 울지 않았다. 입술이 말라 하얗게 된 채 열에 들떠 있을 뿐이었다. 어린 윤은 엄마가 쓰러질까 봐 조마조마했다. 하지만 엄마는 쓰러지지 않았다. 대신 오래도록 잠을 잤다. 할머니는 그런 엄마를 위해 음식이 될 만한 것들을 찾아냈다. 할머니 손끝에서 이름 모를 음식이 끊임없이 만들어져 나왔다. 엄마는 열에 들뜬 채 그 많은 음식을 아무 말 없이 먹어 치웠다. 그러나 엄마의 허기는 쉽게 채워질 것 같지 않았다.

"그때 왜 다시 돌아왔어요? 안 돌아올 수도 있었잖아요."

윤이 물었다.

"동생들 때문이었어요?"

"아니."

"아니라고요?"

"너 때문이었어. 혼자라면 모를까……."

"말도 안 돼. 내가 그렇게 졸랐는데."

외할머니 집에 머무는 동안 윤은 안도했다. 안도는 가슴이 꽉 찬 느낌이라고 해도 좋았다. 주변의 모든 것이 낯설었지만 낯설지 않았다. 윤은 엄마를 졸랐다. 여기서 살자고. 엄마는 대답하지 않았다. 윤은 답답한 엄마를 내버려 두고 할머니에게 매달렸다. 말이 통하지 않아도 좋았다. 할머니는 윤의 뜻을 충분히 알아들었다. 윤이 조를 때마다 할머니는 윤의 머리를 쓰다듬었다. 투박하기 짝이 없는 할머니의 손길에는 안타까움이 가득했다.

"윤, 때때로 판단할 수 없는 일들이 있어. 그때가 그랬던 것 같아."

"피, 평생 그렇게 살았으면서. 엄마가 언제 자기 목소리 낸 적 있어?"

"엄마 바보지?"

"바보지, 그럼."

"윤이 있어 다행이야."

"할머니가 굴린 잔머리가 제대로 먹혔네요."

"그런가?"

할머니 얘기에 엄마가 쓰게 웃었다.

터미널이 가까워지고 있었다. 엄마가 벗어 뒀던 모자를 썼다. 챙이 넓은 모자에 가려 엄마의 얼굴이 보이지 않았다. 윤은 모자가 거슬렸다.

"쓰지 말까?"

엄마가 윤의 눈치를 보며 말했다.

"내가 보관할게."

윤이 가방을 열었다. 엄마가 모자를 말아 가방에 넣자 윤이 가뿐하게 가방을 맸다. 버스가 멈췄다.

"곧장 공항으로 가는 거야?"

"아니. 공항은 엄마랑 데이트 뒤에 가도 늦지 않아."

"그럼 밥부터 먹자. 너 배고프잖아."

윤이 망설였다. 아침을 먹기에는 좀 늦고 점심을 먹기엔 이른 시간이었다. 시장을 한 바퀴 돌고 나서 먹어도 좋을 듯했다.

"시장 가서 옷부터 사요."

엄마는 작업복 차림이었다. 일 바지에 체크 남방이 허름했다. 엄마의 옷은 여행복으로도 상복으로도 어울리지 않았다. 윤은 엄마 손을 잡고 터미널을 빠져나왔다. 지하도는 상설 시장으로 이어져 있었다. 윤은 여성복을 파는 매장 쪽으로 방향을 잡았다.

"이런 곳은 비싸지 않을까?"

"옷집은 이렇게 모여 있는 곳이 더 싸요."

"보기에 흉하지 않을 정도면 돼."

엄마가 지레 겁을 먹었다. 윤은 걱정하지 말하고 했다. 정말이지 최고급으로 사 주고 싶어도 그럴 만한 처지가 아니었다.

"저거 괜찮네."

윤이 윈도우 너머에 있는 검정 투피스를 가리켰다. 엄마가 주저하는 게 느껴졌다. 윤이 엄마 손을 잡아끌었다.

"엄마가 입을 거지?"

주인 여자가 능숙하게 마네킹이 입고 있는 옷의 단추를 벗기기 시작했다. 가격을 흥정하기 전이었다. 몇 분 만에 마네킹이 알몸을 드러냈다. 주인 여자의 손놀림은 주저함이 없었다.

"학생이 옷 보는 눈이 있어."

주인 여자가 건넨 옷을 윤이 받아 들었다. 그러자 엄마가 난감한 표정을 지었다. 어디서 옷을 갈아입어야 할지 모르겠다는 얼굴이었다. 윤이 엄마의 어깨를 감싼 채 탈의실로 향했다. 탈의실은 생각보다 넓었다. 두 사람이 들어가기에 충분했다. 하지만 탈의실에 따라 들어간 윤을 엄마가 밀어냈다. 윤은 못 이긴 척 밖으로 나왔다.

"모녀 사이가 좋네."

주인 여자가 말했다.

"베트남? 필리핀?"

"네?"

"엄마 말이야."

"아, 네."

윤은 대답하지 않았다. 늘 있는 일이었다. 어릴 때부터 줄곧 그랬다. 사람들은 주로 엄마가 없는 자리에서 어린 윤에게 이렇게 묻곤 했다. '엄마 어디서 왔어? 베트남이야, 필리핀이야?' 윤은 베트남이라고 또박또박 말하던 것을 어느 때부턴가 하지 않게 되었다.

어느날, 우체국에 갔을 때였다.

엄마와 택배를 부치러 가는 중이었다. 엄마는 박스를 머리에 이고 있었고, 윤은 아이스크림을 빨고 있었다. 박스 안에는 비누를 비롯한 치약, 휴지 등 각종 생필품이 오밀조밀 들어 있었다. 윤이 쓰다 남긴 연필이며 크레파스도 있었다. 모두 집에서 쓰고 남은 것이나 버려진 것으로 외할머니에게 보내질 것이었다.

"숫제 도둑질을 했구만, 도둑질을 했어."

물품을 확인한 창구 직원이 말했다.

"우리 엄마는 도둑질 같은 거 하지 않아요."

윤이 쏘아붙였다.

"어린 게 뭘 안다고."

윤이 눈물을 터뜨렸다. 창구 직원이 엄마를 흘끔 보며 딴청을 부렸다. 엄마의 얼굴에서 표정을 읽을 수 없었다. 하지만 윤은 엄마가 얼마나 화가 났는지 알 수 있었다. 잡고 있던 윤의 손을 아프게 쥐어 왔기 때문이다. 창구 직원은 헛기침을 하며 택배 송장에 주소를 갈겨 썼다.

"윤, 엄마는 도둑질 같은 거 하지 않아."

밖으로 나온 엄마가 말했다.

"바보, 그럼 아까 그 아저씨한테 말했어야지."

"괜찮아. 우리 윤이 있잖아."

윤은 그런 엄마가 미웠다. 엄마가 처음으로 견딜 수 없을 만큼 싫어졌다. 그때부터 윤은 엄마를 밀어내기 시작했다. 하지만 엄마를 미워하는 일도 쉽지만은 않았다. 윤이 미워하기에 엄마는 턱없이 약했다. 윤은 그럴 수 없어, 어쩔 수 없이 일찍 철이 들어 버렸다.

탈의실 문이 열렸다.

"어머, 잘 어울려요."

주인 여자가 엄마를 보고 말했다. 검정색 투피스는 무난했다. 상복으로도 여행복으로도 나쁘지 않았다. 윤은 주인 여자에게 돈을 건네고 밖으로 나왔다.

"윤, 국밥 먹을까?"

"짜장면은 어때요?"

엄마가 멋쩍게 웃었다. 국밥이랑 짜장면은 엄마가 아는 외식 메뉴의 전부였다. 윤은 아까부터 생각해 둔 것을 하기로 했다. 시장을 벗어났다.

"저기 있다."

윤이 가리킨 곳은 찜질방이었다. 엄마가 어리둥절한 얼굴을 했다. 찜질방이 처음인 엄마도 저기가 음식점이 아니라는 것쯤은 눈치로 알 터였다. 사실 윤도 찜질방은 처음이었다.

"윤, 맛있는 거 먹어."

"저기 가도 먹을 것 많아요."

윤은 TV에서 본 것들을 떠올렸다. 사람들은 찜질방에서 수건으로 양 머리를 하고 찜질방에 들어가 땀을 흘리고 얼음이 뜬 식혜를 마셨다. 가끔은 미역국을 먹기도 했다. 윤은 지금 미역국이 필요했다.

평일 한낮의 찜질방은 한산했다.

엄마와 윤은 주황색 찜질복으로 갈아입었다. 그러고는 미역국을 주문했다.

“이런 곳에 미역국이 있어?”

엄마가 눈을 동그랗게 떴다.

“그렇대요.”

“윤은 그걸 어떻게 알았어?”

“텔레비전에서요.”

엄마는 아무것도 아닌 일을 해 내는 윤을 대견하게 쳐다봤다. 엄마는 항상 그랬다. 개근상에 엄지척하고 합창 대회에서 단체상을 받아도 박수를 쳤다.

“며칠 있으면 엄마 생일이잖아.”

윤이 말했다.

“내 생일?”

엄마는 자신의 생일도 기억하지 못한 것이 틀림없었다.

“미안, 엄마 생일 챙겨 주는 거 처음이네.”

윤은 울컥 올라오는 것을 삼켜 냈다.

할머니는 식구들 생일에 지극 정성이었다. 할아버지는 물론이고 늘 못마땅해 하는 윤의 생일도 잊지 않았다. 심지어 아빠 생일에는 고기를 삶고 시루떡을 앉혔다. 하지만 엄마의 생일은 모른 척 넘어갔다. 평소에 자주 먹던 미역국마저 끓이지 않았다.

"생일은 처음이야."

엄마가 말했다.

"베트남에서도?"

"응."

윤은 더는 묻지 않았다. 엄마도 아무 말 없이 미역국을 먹었다. 고기가 몇 점 들어가 있는 미역국은 다행히 맛있었다. 윤은 미역국에 밥을 말아 숟가락 가득 퍼 올렸다. 엄마가 그런 윤을 보며 천천히 먹으라고 했다. 어느새 엄마는 미역국을 다 비워 내고 있었다. 이마에 땀이 맺혔다. 윤도 지지 않았다. 그릇을 든 채 남은 국물을 마셔 버렸다.

"식혜 두 잔 주문하셨죠?"

점원이 식혜와 달걀을 두고 갔다.

윤이 수건으로 양 머리를 해 엄마 머리에 씌웠다. 엄마가 해맑게 웃었다. 가슴이 찌르르했다. 그래서 얼른 이렇게 말했다.

"식혜는 엄마가 잘하는데."

"달걀은 우리 윤이 잘 삶잖아."

엄마가 달걀 껍데기를 깠다. 엄마는 윤이 부엌에 들어가는 것을 달가워하지 않았다. 부엌뿐만 아니라 집안일 하는 것조차 싫어했다. 일에 치여 사는 자신을 닮을까 봐 극도로 경계했다.

"엄마, 찜질하러 가자."

윤이 식혜를 들고 일어섰다. 윤은 많은 방 중에 하나를 골랐다. 문을 열자 훅하고 열기가 전해졌다. 방은 조용하고 적당히 어두웠다. 윤이 벽에 기대앉자 엄마가 윤의 다리를 베고 누웠다.

"이런 곳이 있었어?"

사십 도가 넘는 방이었다. 윤은 벌써 답답함을 느꼈다. 더위를 참지 못하는 윤과 다르게 엄마는 추위를 많이 탔다. 한여름을 제외하고 늘 솜이불을 찾았다. 할머니는 그런 엄마를 보고 호랭이 물어갈 년이라고 했다. 한겨울도 아니데 웬 솜이불이냐며 혀를 차기 일쑤였다.

"윤, 할아버지가 찾으러 오지 않을까?"

윤이 멈칫했다. 집을 떠날 때부터 줄곧 그 생각이 머리를 떠나지 않았다. 하지만 괜히 엄마를 걱정시키고 싶지 않았다.

"그럴 리가 없어요. 무슨 수로 할아버지가 우리를 찾겠어요."

"할아버지 똑똑해."

엄마 말이 맞았다. 할아버지는 몇 년째 동네 이장 일을 맡고 있다. 건장한 체격에 농사일은 물론이고 사무에 관련된 일에도 능통했다. 윤은 어제 저녁 자신이 한 일을 떠올렸다. 사이트를 검색하고 모두 지워 버린 일은 잘 한 일이었다.

"나갈까?"

윤이 더는 견디기 어렵다고 생각한 순간 엄마가 말했다. 윤은 서둘러 샤워실로 향했다. 엄마가 수건에 비누칠을 했다. 그것으로 윤의 몸을 닦아 줬다. 수건이 구석구석 윤의 몸을 훑고 지나갔다. 다음은 윤의 차례였다. 윤도 수건에 비누칠을 했다. 그러고는 엄마의 몸을 꼼꼼히 닦기 시작했다. 서른다섯인 엄마의 몸은 다부졌다. 늘 연약한 느낌을 주던 몸이 아니었다. 윤은 엄마가 젊구나 하고 생각했다.

"트란티 킴 냐온, 예뻐."

윤이 엄마의 이름을 부르자 엄마가 웃었다. 엄마에게서 좋은 냄새가 났다.

공항 가는 버스를 탔다.

자리에 앉자마자 엄마가 가방을 뒤졌다. 일복 바지에서 자신의 소지품을 꺼냈다. 지폐 몇 장, 여권, 통장이 나왔다. 엄마는 그것을 늘 지니고 다녔다.

"윤, 이거 받아."

엄마가 비닐에 든 통장을 내밀었다.

"미쳤어요?"

윤이 통장을 밀어냈다.

"이건 네 몫이야. 비행기표 값이기도 하고."

엄마의 눈빛이 간곡했다.

"말도 안 돼요. 이 돈은 누가 뭐래도 엄마가 가져가야 해요."

윤은 통장을 받을 수 없었다. 받을 수 없는 이유는 수백 가지도 넘었지만 가장 큰 이유는 동생들이었다. 순간의 사고가 동생들의 생사를 갈라 버렸다. 사고는 윤과 엄마가 외갓집에서 돌아온 날 일어났다.

여름이었고 견딜 수 없는 더위에 모두가 헐떡이고 있었다.

할머니는 엄마를 찾는 5살과 7살인 동생들을 데리고 바닷가로 나갔다. 동네를 벗어나 간척지가 된 땅을 돌아 나가면 그곳에 바다가 있다. 할머니는 바다가 보이는 솔밭에 자리를 잡았고 아이들은 가까운 곳에서 물놀이를 했다. 하지만 드넓던 백사장은 사라진지 오래였고 귀퉁이에 남아 있던 모래사장 아래의 수면은 깊었다. 간척 사업의 여파였다. 할머니는 그 사실을 까맣게 모르고 있었다. 할머니가 잠깐 한눈을 판 사이 동생들이 바다로 나갔고 파도가 덮쳤다. 그리고 끝이었다. 동생들은 그렇게 목숨을 잃었다.

며칠 동안 할머니의 울음이 집안을 채웠다. 하지만 엄마는 울지 않았다. 어린 윤은 간절하게 엄마의 울음을 기다렸다. 오늘이 아니면 내일, 내일이 아니면 모레라도 좋았다. 할머니처럼은 아니라도 엄마가 울었으면 좋겠다는 생각을 했다.

그 뒤 엄마는 동생들을 잊기 위해서라면 어디든 갔다. 일을 가리지 않았다. 농한기인 겨울철에는 공장에 다니기도 했다. 굴을 까느라 손이 늘 얼어 있었다. 못 견뎌 하던 추위도 아랑곳하지 않았다. 엄마가 일에 몰두할 때마다 윤은 차라리 잘 된 일이라고 생각했다. 동생들을 잃고 난 뒤 할머니는 엄마가 하는 일을 막지 않았다. 그때부터 엄마는 집안일에서 손을 뗐다. 그 대신 바깥일을 했다. 그러니까 통장은 엄마의 전부였다.

"이제부터 엄마에게 꼭 필요한 건 내가 아니라 이 통장이야. 돈이라고요."

"이거 없어도 살 수 있어."

"나야 말로 이거 없이도 살 수 있어요."

윤이 완강하게 통장을 밀어냈다. 둘의 기세에 눌린 통장이 윤과 엄마 사이에 어정쩡하게 놓여 있었다.

"졸업하면 엄마 만나러 와야지."

"당연하지. 근데 우리집 부자잖아. 그 정도의 돈이라면 어렵지 않게 구할 수 있어. 그러니까 엄마가 가져 가."

"나 만나러 가는 줄 알면 할머니가 돈 안 줘."

"할머니 안 무서워."

엄마가 피식 웃었다. 윤이 가방에 통장과 엄마의 소지품을 챙겨 넣었다. 스피커에서 곧 공항이라는 방송이 흘러나왔다.

"이제부터 가방은 엄마가 챙겨요."

엄마가 대답 대신 가방을 멨다. 다행이 검정색 백팩은 엄마와 잘 어울렸다.

공항에 도착했다.

저녁 어스름이 내리는 주변과 다르게 공항은 대낮처럼 밝았다. 윤은 생각보다 밝고 넓은 공항을 보자 걱정이 되기 시작했다. 사실 어디로 가야 할지 난감하기 짝이 없었다. 윤은 지나가는 사람을 붙잡고 베트남행 비행기 타는 곳을 묻기로 했다.

"윤, 저기야."

말쑥한 신사를 향해 다가가는 윤을 엄마가 붙잡았다. 엄마가 가리킨 곳에 국제선이라고 쓰여 있었다. 윤이 그쪽으로 발을 막 내딛을 때였다.

"이제 나타났구나."

할아버지였다. 할아버지가 윤과 엄마 앞을 막아섰다. 윤은 눈앞이 캄캄했다. 할아버지를 막아야 했다. 아니 엄마를 반드시 비행기에 태워야 했다. 도움이 필요했다. 윤은 빠르게 주변을 훑었다. 하지만 주변에는 윤을 도울 어떤 것도 보이지 않았다. 모두 무심히 지나가는 사람뿐이었다. 누구도 윤에게 관심을 두지 않았다.

"엄마, 얼른 가요."

윤이 다급하게 소리쳤다. 엄마를 다시 집으로 돌아가게 할 수는 없었다. 지금 끌려가면 끝장이었다. 하지만 엄마는 꿈쩍하지 않았다.

"얼른 저기로 들어가라고요!"

"윤, 그럴 필요 없어."

할아버지가 말했다. 할아버지는 고개를 숙인 채 자신의 발을 내려다보고 있었다. 지나가던 사람들이 할아버지와 윤을 흘끔거렸다.

"갈 사람은 가야지."

윤은 자신의 귀를 의심했다. 할아버지는 늘 할머니의 뒷전에 있었다. 늘 뒤에 버티고 서서 속내를 드러내지 않았을 뿐 할머니 못지않았다. 윤에게 할아버지는 장막 같은 사람이었다.

"거짓말! 또 엄마 데리고 가서 부려 먹을 거잖아요?"

"윤, 잠깐만 기다려."

엄마가 윤을 막아섰다.

"미쳤어요. 계속 여기서 살고 싶어요!"

엄마가 아무 말 없이 윤을 안았다. 윤이 그런 엄마를 밀어냈다. 그러자 할아버지가 윤과 엄마에게서 한 발짝 물러났다. 그러고는 이렇게 말했다

"돌아가거라."

할아버지가 헛기침을 했다.

"나도 안다. 이곳이 네가 있을 곳이 아니라는 것을. 물건이든 사람이든 지가 있어야 할 곳이 있는 법이지. 이제 그만 네 자리로 돌아가."

"죄송해요."

"미안한 건 우리지."

할아버지가 엄마를 보고 말했다. 그러고는 보따리 하나를 내밀었다. 엄마의 농이었다.

농을 받아 든 엄마가 갑자기 눈물을 터뜨렸다. 윤은 당황스러웠다. 생각지도 못한 상황이었다. 울고 있는 엄마를 달래야 할지 할아버지에게 고맙다고 해야 할지 갈피를 잡을 수가 없었다. 윤은 엄마를 달래지 않았다. 엄마의 눈물이 그렇게 반가울 수가 없었다. 기다리고 기다리던 눈물이었다. 윤은 엄마의 눈물을 내버려 두었다. 그만 울라고도 하지 않았다. 윤이 기억하는 한 이것은 엄마의 첫 눈물이었다. 눈물은 지금 엄마에게 꼭 필요한 처방전이었다.

"그리고 이건 얼마 안 되지만 앞으로 일하는 데 보태 써."

할아버지가 봉투 하나를 내밀었다. 엄마가 손사래를 쳤다. 얼이 빠져 있던 윤이 정신을 차렸다. 할아버지에게서 얼른 돈을 받았다. 그러고는 엄마가 메고 있는 가방을 빼앗듯 벗겨 돈을 구겨

넣었다.

"내 딸, 잘 지내야 해."

엄마가 말했다. 윤이 엄마를 안았다. 그러자 엄마가 윤의 등을 가볍게 쓸었다. 윤은 오래도록 그렇게 있고 싶었지만 그럴 수 없었다. 출국 시간이 다가오고 있었다.

"이건 내가 가져갈게."

윤이 엄마가 들고 있던 농을 뺏어 들었다. 엄마를 그리워할 물건 하나쯤은 필요했다.

"그만 들어가야지."

할아버지가 말했다. 엄마가 그런 할아버지를 향해 깊숙이 허리를 숙였다.

"엄마, 전화할게."

출국 심사를 끝낸 엄마가 손을 흔들었다. 윤도 엄마를 향해 마주 손을 흔들었다.

"집에 가자."

할아버지가 윤을 돌려 세웠다.

윤을 태운 트럭이 공항을 빠져나왔다. 운전대 옆에 있는 디지털 시계가 깜빡였다. 20시 50분이었다. 엄마가 탄 비행기가 이륙할 시간이었다. 신호등에 파란불이 들어오자 멈춰 있던 차들이 일제히 제 갈 길을 찾아 달리기 시작했다. 윤도 엄마도 제 갈 길을 찾아 달리는 중이었다. 윤은 엄마란 말 대신 '트란티 킴 냐온'이라고 낮게 중얼거렸다.

3.

포트폴리오

포트폴리오

"오늘은 뭔 반찬이랴?"

경은 할머니가 도시락 뚜껑을 열었다. 음식 냄새가 훅 끼쳐 왔다. 주혜는 자신도 모르게 코를 쥐었다. 도시락에는 무생채, 열무김치, 미역줄기볶음이 들어 있었다. 복지사 언니가 무안을 탔다. 할머니는 아침부터 배달한 도시락을 받은 노인들 중 가장 깔끔한 모습이었다. 주혜는 살짝 실망했다. 이런 집에 어울리는 비주얼이란 마귀 할멈 같은 얼굴은 아니더라도 허리가 굽고 투박한 손이라야 했다. 할머니 집은 산동네 비탈에 삐딱하게 서 있었다.

"복지사 언니, 반찬 좀 신경 써야 것어. 만날 풀떼기만 가져오면 노인네들 기력이 떨어져서 안 되야."

"염치없는 할머니네."

"까불지 마!"

복지사 언니가 주혜의 옆구리를 쿡 찔렀다.

"아파요."

그때 할머니가 바락 소리를 질렀다.

"아, 이것들이 왜 싸우고 지랄이여. 볼 일 다 봤으면 어여 가 봐."

기껏 도시락을 배달해 주고 얻어먹은 거라고는 욕뿐이었다. 주혜는 억울했다. 욕도 욕이지만 줄곧 자신을 유령 취급하는 할머니가 영 못마땅했다. 그러자 할머니가 독심술이라도 하듯 이렇게 말했다.

"쟈는 며칠짜리여?"

"3일요."

"귀한 집 자식인 모양이구먼. 고운 것이. 어째 낯이 익은 것도 같고"

할머니가 이 한마디를 하고 마당에 세워 둔 손수레를 끌었다.

"또 일 나가시게요?"

"가만있으면 밥이 거저 들어오나."

"그래도 한참 더운데 쉬었다 나가시지……."

"됐어. 한푼이라도 벌어야지. 그래야 우리 경은이 넌 뭐라도 하나 더 사 주지."

"그럼 폐지 주우면 꼭 고물상으로 가세요."

"복지사는 다 좋은디 잔소리가 많어. 고물을 고물상으로 가져 가지. 뭣하것어?"

"제 말이요."

"날도 더운디 신소리를 혀 싸."

할머니가 쯧하고 혀를 찼다. 만만찮은 할머니였다. 딱 부러진 입만큼이나 성격도 카랑카랑해 보였다.

"와, 저 할머니 장난 아니네."

"모르는 소리 말어. 경은 할머니가 얼마나 좋은 분인데. 사람은 겉만 봐선 모르는 법이야."

주혜는 더는 힘을 빼고 싶지 않아 입을 다물어 버렸다. 겪어 보지 않고 사람을 어떻게 알 수 있단 말인가. 섣부른 판단은 금물이다. 뭐 어쨌든 그런 일은 아무래도 좋았다. 그보다 중요한 건 아직 주혜의 포트폴리오가 꽤 비어 있다는 사실이었다. 주혜는 이번 봉사로 포트폴리오를 꽉 채울 생각이었다.

"특목고 가려고 이 고생이라며?"

"당근이죠, 그거 아니면 누가 이런 미친 짓을 하겠어요!"

주혜가 톡 쏘았다. 그러자 복지사 언니가 어이없다는 표정을 지었다. 그러거나 말거나 주혜는 비탈길을 서둘러 내려왔다. 어느새 봉고차가 보였다. 봉고차는 오전 내내 공터의 땡볕 아래 있었던 덕분에 찜통이었다. 차에 오르자 데워진 공기가 모래 무덤처럼 덮쳐 왔다.

"어, 경은이잖아!"

복지사 언니가 기껏 오른 차에서 다시 내렸다. 고등학생인 듯한 여자애가 공터로 들어서는 중이었다.

"도시락 배달 온 거에요?"

"응, 고기 반찬 없다고 할머니한테 싫은 소리 좀 들었어."

"언니 탓도 아닌데, 할머니도 참."

"할머니 같은 분이 있어야 해. 그래야 다들 정신 바짝 차리지."

"더워요. 얼른 들어가요."

여학생이 복지사 언니의 등을 밀었다.

주혜는 집으로 돌아오는 내내 한 가지 생각에 사로잡혔다. 조금 전에 본 경은이란 여학생이 어쩐지 낯이 익었다. 분명 어디선가 본 듯한 얼굴인데 도무지 생각이 나지 않았다. 머릿속을 샅샅이 뒤져도 소용이 없었다. 생각날 듯 생각나지 않았다. 기억이 나지 않으면 그만인데 어쩐지 그게 그렇지가 않았다. 재채기가 나올 때처럼 주혜는 뭔가 간질간질한 느낌에 사로잡혔다. 주혜는 하마터면 복지사 언니에게 "나, 저 언니 알아요!" 라고 말할 뻔했다. 그 상태가 지속되자 급기야 짜증이 났다. 주혜는 솟아오르는 짜증을 억누르며 봉고차에서 내렸다. 어느새 아파트 단지 앞이었다. 주혜는 '경은이, 경은이'를 입속으로 되뇌면서 엘리베이터를 눌렀다. 딩동 소리와 함께 엘리베이터가 솟구쳐 올랐다. 그리고 곧 주혜를 23층에 토해 냈다. 주혜가 현관문을 열었다.

"저기 어디쯤인데……."

뒤 베란다 창을 밀자 방금 다녀온 산동네가 손에 잡힐 듯 다가왔다. 주혜는 어림짐작으로 할머니 집을 찾기 시작했다. 언덕배기를 훑던 주혜의 눈이 낡은 슬레이트 지붕에서 멈췄다. 주혜는 손가락 카메라를 만들었다. 양손의 엄지와 검지를 붙이고 한쪽 눈을 감았다. 낡은 집이 주혜의 렌즈에 잡혔다. 팔을 뻗었다 잡아당겼다를 반복하자 드디어 흐릿하던 지붕이 선명해졌다. 할머니 집은 비탈의 맨 꼭대기에 있었는데 전혀 위태로워 보이지 않았다. 위태롭기는커녕 당당한 느낌마저 들었다. 신기했다. 비탈 집은 보는 위치에 따라 전혀 다른 느낌을 줬다.

"이상하네, 왜 그러지?"

그때 휴대전화가 부르르 몸을 떨었다. 메시지 창에 알람이 떴다. 엄마였다. 오늘도 늦으니 저녁 잘 챙겨 먹으라는 말과, 깨끗이 씻고 자라는 말과, 과제 잊지 말라는 잔소리였다. 아, 그리고 사랑한다는 말도 잊지 않았다. 늦을 때마다 반복되는 엄마의 최루성 레퍼토리였다.

“어휴, 벌써 며칠째야!”

주혜는 휴대전화를 뒤집어 소파를 향해 던졌다. 엄마는 일주일째 야근이다. 주혜는 혼자 먹는 밥에 넌더리가 났다. 그러자 좀 전에 만난 경은이 얼굴이 다시 떠올랐다. ‘밥과 경은이’, ‘경은이와 밥’ 주혜는 주문을 외듯 고개를 갸웃했다. 낯선 듯 익숙한, 익숙한 듯 낯선 느낌을 떨쳐 버릴 수가 없었다.

아침 일찍 집을 나섰다.

어제 저녁, 엄마는 주혜가 잠들 때까지 들어오지 않았다. 그런데 아침에 일어나서 보니 가관이었다. 엄마는 옷도 벗지 않은 채 잠들어 있었다. 주혜는 엄마에게로 가까이 다가가 코를 킁킁댔다. 희미한 술 냄새가 났다. 주혜는 ‘오늘도 늦으면 집 나간다’는 쪽지를 냉장고 문에 붙였다. 그러고는 얼음과 함께 탄 꿀물을 냉장고에 넣고 집을 나왔다.

아파트 단지를 벗어났다. 편의점 앞에 서자 산동네로 향하는 입구가 나타났다. 어제도 느낀 거지만 할머니 집은 웬만한 등산코스 못지않았다. 주혜가 한숨을 후 하고 쉬는 찰나에 뒤에서 이런 소리가 들려왔다.

“세상에 쉬운 일이 있간디!”

경은 할머니였다. 주혜는 자신의 마음을 들킨 것 같아 움찔했다. 역시 할머니는 독심술을 하는 것이 틀림없다. 할머니는 비탈을 오를 채비를 하고 있었다. 손수레는 벌써 빈 박스들이 반나마 차 있었다.

“아침은 먹은 겨?”

“아, 뭐…….”

“안 묵었구먼. 다 묵고 살자고 하는 일인디 울 집 가거든 뭐든 찾아 묵어. 냉장고 보면 이것저것 있을 겨.”

할머니가 왼쪽으로 방향을 틀었다. 그러자 기다렸다는 듯 리어카가 할머니 꽁무니를 따라갔다.

“할머니, 집에 가는 거 아니었어요?”

“아, 대추씨만 한 것이 말이 많네, 눈에 뵈는 게 없어? 이것 고물상에 내려놓고 가야지.”

“아, 고물상.”

“저리 비켜. 글고 집에 가거든 속부터 채우고.”

순간 주혜가 주춤했다. 주혜는 혼자 빈집에 들어가기 싫었다. 늘 그랬다. 빈 집은 허전함 이상의 무엇이 있었다. 게다가 아침이었다. 밝은 아침에 집이 품고 있는 어둠과는 더더욱 마주하고 싶지 않았다. 그것도 남의 집이었다. 낯설고 어색할 것이 뻔했다. 주혜는 할머니와 함께 들어가야겠다고 생각했다. 말없이 할머니 뒤를, 아니 리어카 쫓았다.

"아, 더운디 이것이 왜 따라와싸. 집으로 가라니께."

"싫어요."

"힘들어서 안 되야. 얼른 올라가드라고."

주혜가 도리질을 했다. 그러자 할머니가 한숨을 쉬었다. 주혜는 할머니의 한숨이 반승낙으로 들려 안심이 됐다. 비탈을 절반쯤 올라갔을 때였다. 어제 봤던 공터가 나타났다. 할머니 집은 곧장 올라가면 되는데 할머니가 오른쪽으로 방향을 꺾어 들었다. 그러자 기다렸다는 듯이 고물상이 모습을 드러냈다. '황금자원'이었다. 말 그대로 황금자원에는 없는 것 빼고 다 있었다. 폐지, 고철, 비철, 주혜가 알지 못하는 것들이 쌓여 있었다.

"잘들 있었는감?"

할머니는 누구에게랄 것 없이 인사를 했다.

"경은 할머니, 어서 오세요."

낯선 청년이 인사를 했다. 피부가 까무잡잡했다. 그는 당연하다는 듯이 리어카에서 파지를 내려 저울 위에 쌓았다. 고물은 20*kg*이 조금 못 됐다. 저울을 들여다보던 청년이 할머니에게 3,500원을 건넸다. 주혜는 "뭐야? 너무 적잖아."라고 웅얼거렸다. 아침 내 동네를 뒤져 번 돈이 고작 3,500원이었다. 주혜는 할머니가 호통을 칠 거라고 생각했다. 하지만 주혜의 생각과는 달리 할머니는 연신 웃으며 고맙다고 했다.

"경은 할머니, 냉커피요."

청년이 냉커피 두 잔을 들고 왔다.

"방글이는 센스가 있어."

"방글이요?"

주혜가 눈을 동그랗게 떴다.

"방글라데시에서 와서 방글입니다."

청년이 웃으며 자신을 소개했다. 할머니는 그러거나 말거나 커피를 단숨에 들이켰다. 남은 한잔은 주혜의 몫인 듯했다. 하지만 주혜는 아메리카노도 아니고 믹스커피를 그것도 텁텁한 냉커피로 마시고 싶지 않았다. 주혜가 고개를 흔들었다.

"그랴. 빈속에 커피는 별로여."

할머니가 주혜 몫인 커피를 청년에게 건넸다. 그는 고맙다는 인사와 함께 커피를 마셨다.

"저, 사진 좀 찍어도 돼요?"

할머니가 고개를 끄덕였다. 할머니는 청년과 함께 리어카 앞에 서더니 치즈하고 포즈를 취해 줬다. 주혜는 얼른 폴라로이드를 꺼내 셔터를 눌렀다. 주혜는 금세 기분이 좋아졌다. 이런 기막힌 사진이 얻어 걸리다니. 지금까지 다닌 봉사 중에서 최상이었다.

"돈도 벌었으니 이제 가더라고."

이번에는 주혜가 앞장섰다. 할머니 집이라면 눈감고도 찾아갈 수 있을 것 같았다. 곧장 비탈을 올라가면 됐다.

"혼자 집에 들어가게?"

할머니는 호락호락하지 않았다. 주혜가 뭔 소리냐는 듯이 할머니를 빤히 봤다.

"난 저기 보일러 할배한테 들려야 하는디?"

역시 쉽지 않았다. 주혜는 울고 싶었다. 하지만 별 수 없었다. 이번에도 리어카 꽁무니를 따라가는 수밖에 없었다.

"보일러 할배가 며칠째 입원했다가 어제 집에 돌아왔구먼."

"문병 가는 거예요?"

"그랴. 노인네가 혼자 사는 것도 서러운디 자꾸 아퍼싸."

"그 할배랑 친해요?"

"뭔 소리여. 시방."

할머니 눈이 똥그래졌다.

"아니, 친하니까……"

"아, 글제. 한동네 산지가 얼만디."

보일러 할배네 집은 고물상과 반대쪽에 있었는데 파란색 대문이 위태롭게 서 있었다. 할머니는 대문을 거침없이 밀었다. 그런데 할머니 손에는 어느새 오렌지주스가 들려 있었다. 주혜는 할머니가 마법을 부린 것만 같았다. 감탄이 절로 나왔다.

"할배, 병원에서 애썼지요?"

할머니가 오렌지주스를 컵에 따랐다. 할아버지가 주스를 마시는 사이 할머니는 냉장고를 열어 반찬을 확인했다. 어제 복지사 언니가 가져다 둔 도시락이 그대로 있었다. 풀떼기만 들어있다고 타박하던 그 도시락이었다.

"자고로 늙은이는 괴기를 묵어야 써."

어제 복지사 언니에게 한 말을 또 하더니 전화기를 꺼냈다.

"방글이, 울 집에 가서 괴기 좀 꺼내 와야 쓰것네."

할머니가 전화를 끊고 몇 분이 지나지 않았는데 방글이 청년이 나타났다. 그의 양손에는 쇠고기와 연장 통이 들려 있었다. 그는 쇠고기를 할머니에게 건넸다. 그러고는 연장 통을 들고가 삐딱하게 서 있는 대문을 손보기 시작했다.

"할배, 쇠고기로 국을 끓일까요, 양념을 할까요?"

할아버지는 국이 낫겠다고 했다. 할머니는 남의 집 살림이 아니라 자신의 집인 것처럼 뭐든 척척 해냈다. 마치 우렁각시라도 된 것처럼 밥과 국을 뚝딱 차려 냈다.

"주혜도 한 술 뜰겨?"

주혜는 도리질을 했다. 이런 곳에서 밥을 먹고 싶지는 않았다. 그런 맘이 조금도 들지 않았다. 할머니는 그럴 줄 알았다는 듯 고개를 끄덕였다.

"할매, 나도 밥."

그때 방글이 청년이 상 앞으로 무릎을 디밀었다. 셋은 가족처럼 갓 지은 밥을 먹었다. 주혜는 또 사진 욕심이 났다.

"너, 사진 찍는담서."

할머니가 독심술을 했다. 주혜는 못 이긴 척 얼른 사진기를 꺼냈지만 속으로 쾌재를 불렀다. 할머니가 뭘 좀 아는 것 같아 다행이라는 생각까지 들었다. 그때 할아버지가 무엇이 못마땅한지 수저를 탁 소리 나게 내려놓았다.

"아따, 쟈가 공부 잘하는 핵교 간다고 저 법석이라니께 봐 줍시다. 지도 먹고 살아야 안 쓰것소."

할머니가 말하자 방글이 청년이 할아버지 손에 수저를 쥐어 줬다. 할아버지는 여전히 기분이 좋아 보이지 않았다. 기침을 큼큼하더니 마지못해 숟가락질을 했다. 사진을 찍은 주혜는 마루 끝에 앉아 그 모습을 못 본 척했다.

"명색이 봉사람서 설거지 좀 할텨?"

아, 정말 못 말리는 할머니다. 잘 나가다 결정적일 때 태클이다. 주혜는 진짜 곤란했다. 저런 부엌도 처음이지만 남이 사용한 식기 또한 만지고 싶지 않았다.

"그람, 넌 이런 것도 안 할 거면 뭣 땀시 봉사를 온 것이여?"

할머니가 이 한마디를 던졌다. 방글이 청년이 웃으며 설거지를 자청했다. 주혜는 괜히 무안했다. 하지만 여기는 자신의 봉사 구역도 아니고 이런 봉사는 일정에도 없는 일이었다. 그렇긴 해도 그 말을 내기에는 뭔가 찜찜했다. 그래서 이렇게 말했다.

"할머니 집에 가서는 할 거거든요."

"잉? 그려?"

할머니는 '뭔 봉사가 그려, 봉사도 가려하는 거여?'라고 묻는 것만 같았다.

"할배, 저녁밥 꼭 챙겨 묵드라고잉."

할머니 말에 할아버지는 고분고분한 아이처럼 고개를 끄덕였다.

"워메, 방글이. 대문이 새것 되야 부렀네."

할머니가 대문을 나서며 말했다. 삐딱하던 대문은 당당하게 제자리에 서 있었다. 할머니 칭찬에 방글이 청년이 뒤통수를 긁었다.

"잉, 얼른 집에 가서 밥 먹드라고."

할머니가 주혜를 보며 말했다. 주혜는 그제야 안심이 됐다. 이제 할머니 집에 가서 라면이나 끓여 먹어야겠다고 생각했다. 그러자 배에서 꼬로록 소리가 났다. 길을 재촉했다. 다시 공터 앞이었다.

"할매, 잘 가."

"워메. 방글이는 다 좋은디 말이 짧아부러."

방글이 청년이 손을 흔들며 고물상 쪽으로 멀어졌다.

"주혜도 잘 가고 낼 보드라고."

"네? 저 할머니 집에 가는 거 아니에요?"

"우리 집?"

"어제도 봤 것지만 우리 집에 가 봐야 할 일도 없어. 그냥 봉사 한 셈치고 싸게 느그 집에 가서 밥이나 먹더라고."

주혜가 잠시 말을 잃었다. 포트폴리오에 들어갈 사진은 충분했고, 이대로 집에 들어간다면 오후를 통째로 얻은 거나 다름없었다.

"그래도 돼요?"

"안 될 건 뭐여?"

"그래도……."

"왜 갑자기 양심이 찔려?"

주혜는 어쩐지 이 할머니가 자신을 속을 훤히 들여다보고 있다는 생각이 들었다. 그 생각을 떨칠 수가 없었다. 괜한 오기가 발동했다.

"봉사 시간도 채우고 라면도 먹을 거예요."

"정히 그렇다면 좋도록 하더라고."

할머니가 못 이긴 척 비탈을 오르기 시작했다. 그 뒤를 주혜가 따랐다. 괜히 무안해진 주혜는 화 난 코뿔소처럼 씩씩거리며 할머니 뒤를 따라갔다.

집 안으로 들어섰다.

아침에 비질을 해 둔 마당이 정갈했다. 비질을 하기 전에 물을 뿌렸는지 흙이 말라 콩알 같은 것들이 모여 빗살무늬를 만들어 내고 있었다. 주혜는 더위를 피해 마루로 올라섰다.

"라면 묵을 거지?"

할머니가 부엌으로 가면서 물었다. 부엌이라 해 봤자 가스레인지와 싱크대가 전부인 간소한 살림이었다. 할머니가 라면을 끓이는 사이 주혜는 방 안을 구경했다. 가구라고는 작은 옷장과 뒤가 툭 튀어나온 텔레비전이 전부였다. 주혜의 눈이 텔레비전에 멈췄다. 아니 정확히 말하자면 텔레비전 위에 있는 액자에 멈췄다고 해야 했다. 액자에는 사진이 한 장 들어있었는데 주혜가 소중히 간직한 사진과 똑같았다. 주혜가 그 액틀을 집어 들었다. 사진 속에는 대여섯 살씩 먹은 여자아이 둘이 카메라를 보고 웃고 있었다. 여름인지 대야에 물이 넘실거리고, 둘 다 수영복 차림이었다.

"할머니, 제가 여기 있어요!"

주혜가 소리쳤다.

"그람 니가 여기 있지 저기 있냐?"

"아니, 여기 사진 속에 내가 있다고요."

"야가 뭔 소리다냐?"

할머니가 라면을 휘젓던 젓가락을 든 채 방으로 뛰어 들어왔다.

"여기요, 여기."

"야가 암만혀도 더위를 먹었는 게비여."

"보세요. 분명히 저잖아요."

주혜가 사진을 내밀었다. 할머니는 사진을 한 번 보고 주혜를 한 번 쳐다보더니 무릎을 탁 쳤다.

"워메, 긍께. 너가 인영이 딸인 거시제?"

대답도 듣지 않고 할머니가 주혜를 와락 끌어안았다.

"내가 어제 안 그렸어. 어째 낯이 익다고!"

할머니는 한참 동안 주혜를 품에 안고 있었다. 할머니에게서 마른 풀 냄새가 났다. 주혜는 할머니 품에 안겨 가만히 있었다.

"내 정신 좀 보드라고."

화들짝 놀란 할머니가 부엌으로 가더니 라면을 들고 왔다. 그 사이 라면은 국물이 바짝 졸아 있었다.

"어떻게 된 일이에요?"

주혜가 젓가락으로 라면발을 건어 올리며 물었다. 할머니는 물을 따라 주혜 옆에 내려놓고 이야기보따리를 풀었다.

사진 속 여자아이는 짐작대로 경은 언니와 주혜였다. 아파트 단지가 조성되기 전, 한 동네에서 그것도 주혜네 단독 주택에서 한식구처럼 살았다는 이야기였다. 경은 언니네 식구들이 주혜네 집 2층에 세 들어 살았는데 재개발이 되면서 헤어졌다는 이야기였다. 그 뒤 보상금으로 사업을 하던 경은 언니 아빠가 쫄딱 망하고 달동네로 돌아왔다는 슬픈 전설 같은 이야기를 할머니는 담담하게 들려주었다. 라면을 다 먹은 주혜는 밥통에서 찬밥 한 공기를 퍼 와 국물에 밥을 말아 후루룩 삼켰다. 속이 든든해지자 머릿속도 개운해졌다. 그러니까 어제 '밥과 경은이', '경은이와 밥' 했던 것이 우연히 아니었던 것이다.

"땀 훔치드라고."

할머니가 냉장고에서 물수건을 꺼내 왔다. 주혜는 목으로 흐르는 땀을 닦았다. 그때 '비리 비리 릭' 전화벨이 울렸다. 할머니의 낡은 휴대폰이었다.

"뭣이여? 누구라고?"

할머니 목소리가 높아졌다.

"진짜, 성민이여?"

"지금 집 앞이라고!"

할머니는 전화기를 들고 '이런 오살할 놈'이라며 방 밖으로 나갔다.

"어여 와, 어여 오드라고."

할머니가 마루를 지나 마당으로 나섰다. 그야말로 버선 발 마중이었다. 따가운 햇살 속에 청년 하나가 마당으로 들어섰는데 군복 차림에 배낭을 메고 있었다. 할머니가 청년의 손을 잡고 마루로 이끌었다.

"엄니, 절 받으세요."

성민이 무릎을 꿇고 절을 했다. 할머니는 연신 '오메, 오메'를 외쳤다.

"주혜야 인사혀."

할머니는 손녀딸이 하나 생겼다고 성민에게 주혜를 소개했다.

"엄니 손녀딸이면 내가 삼촌되나요?"

"옴마, 곧 죽어도 삼촌은 되고 잡은 갑네."

성민이 뒤통수를 긁었다. 주혜는 성민의 정체가 궁금했다.

"주혜, 너 궁금하쟈?"

할머니가 독심술을 했다.

"야는 그러니께……."

한마디로 성민이는 달동네의 문제아였다. 중학생 때부터였다. 하루에도 몇 번씩 동네를 들었다 놨다 했다. 성민이 때문에 조용할 날이 없었다고 했다.

"그때 야는 얻어터지고 또 얻어터지는 게 일이었어."

"왜요?"

"왜 것어. 지보다 큰놈한테 덤비니께 그랬지."

"그러다 어떻게 정신을 차렸냐고?"

"엄니 덕분이지요."

"알기는 안겨?"

성민이 고개를 끄덕였다.

"근디 쟈도 그럴 만혔어."

성민의 아버지는 술어 쩔어 살았다. 걸핏하면 엄마를 쥐 잡듯 했다. 견디지 못한 엄마가 집을 나갔다. 그러자 아버지의 화살이 성민이에게로 쏟아졌다. 그때부터 아버지는 걸핏하면 성민이를 못살게 굴었다. 학교도 못 가게 했다. 성민이는 그때부터 막나가기 시작했다. 동네 형들과 붙어 다니며 다른 애들을 팼다. 그러다 패싸움에 휘말렸고 그 패싸움의 피해가 만만치 않았다. 결국 학교를 다니지 못할 지경에 이르렀다. 그때 할머니가 나섰다. 피해자 학생들을 일일이 찾아가 용서를 구한 것이다. 당연히 성민이를 앞세우고였다. 그 덕분에 성민이는 중학교는 물론 고등학교도 무사히 마칠 수 있었다.

"어뗘? 감동적이여?"

할머니가 주혜를 보며 물었다.

"뭐, 그닥……."

"글제, 흔하고 흔한 사연이제."

하지만 주혜는 할머니가 대단하다는 생각이 들었다. 요즘 세상에, 누가 남의 일을 자신의 일처럼 생각하고 달려 다닌단 말인가. 사실 흔한 일이 아니었다. 그럼에도 선뜻 할머니의 선행에 박수 칠 기분이 아니었다. 뭐랄까, 할머니는 동네를 휘젓고 다니는 오지랖 넓은 노인네 이상으로 보이지 않았다.

"내가 오지랖이 넓긴 넓제."

독심술이었다. 주혜는 한마디로 식겁하고 말았다. 자신의 속마음을 이렇게 잘 읽어 내는 사람이 세상에 있다니. 주혜는 다짐했다. 이 집을 나서기 전까지 아무 생각도 하지 않기로.

그때 방글이 청년과 경은 언니가 헐레벌떡 집으로 뛰어 들어왔다. 급한 소식이라도 물고 오는 사람들처럼.

"경은 할매, 석재 할매가 돌아가셔 뿌렀대."

방글이 청년이 말했다.

"멀쩡하던 양반이 웬일이랴."

할머니가 마루에 털썩 주저앉았다. 할머니는 다리에 힘이 풀렸는지 쉽사리 일어나지 못했다. 그러자 성민이가 할머니를 부축해 대문을 나섰다. 그 뒤를 방글이 청년이 따라갔다. 셋은 앞서거니뒷서거니 비탈을 내려가고 있었다.

경은 언니가 눈으로 세 사람의 뒤를 쫓다가 손부채를 부쳤다.

그러고는 냉동고에서 아이스크림을 꺼내 주혜에게 건넸다. 주혜는 지금 아이스크림이 문제가 아니었다. 꿈에도 잊지 못하던 경은 언니를 만났는데 아이스크림이 문젠가. 그래서 서둘러 사진의 전말을 털어놨다. 그런데 경은이는 까무러치듯 놀라지도 소스라치게 기뻐하지도 않았다. 그저 담담히 이렇게 말했다.

"어제 널 처음 봤을 때 느낌이 왔어. 사실 그래서 보관함에 넣어둔 저 사진을 꺼 내 본 거야. 사진을 본 순간 너라고 확신했지."

언니는 심각까지는 아니어도 약간 심드렁하게 대꾸했다. 주혜는 실망스러웠다.

"나는 반가운데. 언니는 아니에요?"

"왜 아니야. 앞으로 너 내 동생이다."

그제야 경은 언니가 환하게 웃었다.

"장난이었어. 사실 너무 반가워서 어제 저녁에 한숨도 못 잤다니까."

"언니 집에 자주 놀러 와도 되죠?"

"여길?"

경은 언니가 말도 안 된다는 얼굴을 했다. 그래서 주혜는 얼른 이렇게 말했다.

"우리 집에 오는 것도 대환영이에요."

경은 언니가 고개를 끄덕였다.

"이제 가자. 내가 저 아래까지 데려다 줄게."

주혜는 못이기는 척 경은 언니를 따라나섰다. 사실 낯선 동네를 그것도 사람이 죽었다는 길을 혼자 내려가는 것은 내키지 않았다. 주혜는 경은 언니 뒤를 졸래졸래 따라갔다.

"네가 사는 동네는 이렇지 않지?"

"뭐가요?"

"나는 딴 세상 같은 저기가 부럽다."

경은 언니가 아파트 단지를 손으로 가리켰다.

"에이, 저기야말로 정글 아닌가?"

"그래도 저긴 최소한의 사생활이 보장되잖아. 여기 좀 봐라. 도대체 내가 남인지 남이 나인지 구분이 안 가는 생활의 연속이야. 후유, 짜증 나."

발아래 펼쳐진 아파트 단지에 여름 해가 사위고 있었다. 아파트 단지가 붉게 물든 것이 보였다. 주혜는 옆집에 강도가 들어도 모른 척한다는 말을 하지 않았다. 경은 언니가 그걸 몰라서 그러는 것 같지는 않았기 때문이다.

"아직도 장례식장으로 못 간 모양이네."

마침 석재 할매 집 앞이었다.

"보호자가 있어야 할 텐데."

경은 언니는 할머니를 닮은 모양이었다. 계속 혼잣말을 했다. 주혜는 다른 길로 돌아가고 싶은 생각이 들었다. 하지만 동네를 빠져나가는 길은 따로 있는 것 같지 않았다.

구급 대원 둘이 들것을 들고 나오는 것이 보였다. 그 뒤를 할머니가 눈물을 훔치며 따라 나왔다. 경은 언니와 주혜를 발견한 할머니가 둘을 잡아끌었다.

"아덜은 이런 것 보면 못 쓰는 벱이여. 주혜는 얼른 집에 가고 경은이는 싸게 들어가서 공부하더라고."

언제 울었냐는 듯이 할머니가 정색을 했다.

"할머니는?"

경은 언니가 물었다.

"나야 여그서 남은 일마저 보고 갈것인께."

할머니는 얼른 가라며 손을 내저었다. 그 사이 구급차에 들것이 실리고 보호자 석에 성민과 방글이 청년이 타는 것이 보였다. 곧 구급차가 출발했다. 그 뒤를 경찰차가 조용히 따라갔다. 대문간에 모여 있던 사람들이 하나둘 흩어졌다. 할머니가 다시 눈물을 훔치며 빈집으로 들어갔다.

"정신없는 동네지?"

"언니도 독심술해요?"

경은 언니가 무슨 말이야 하는 얼굴로 주혜를 봤다. 주혜는 어제오늘 할머니가 자신의 마음을 읽어 냈던 순간들을 쏟아 냈다. 그러자 경은 언니가 웃었다.

"네가 할머니하고 안 살아 봐서 그래."

경은 언니의 말은 이랬다. 무엇보다 나이가 벼슬이라고. 그래서 어른들은 말하지 않아도 웬만한 것들은 다 알 수 있는 거라고 했다.

주혜와 경은 언니가 한길로 나섰다. 해가 지고 묽은 어둠이 찾아들고 있었다. 여름밤의 어둠이라 그런지 짙지 않았다. 경은 언니는 기어이 주혜를 아파트 단지까지 데려다 주고 돌아섰다. 할머니를 보는 듯했다. 같이 살면 닮는다는 말이 맞는 모양이다. 아파트 단지로 들어서던 주혜가 돌아섰다. 그러고는 경은 언니를 바래다주러 뛰어갔다. 하지만 경은 언니는 벌써 편의점을 지나 비탈길로 접어들고 있었다. 주혜는 '피' 소리를 내며 엘리베이터를 탔다. 다음에는 자신이 경은 언니를 배웅하리라 다짐했다. 주혜는 피곤했다. 하지만 피곤치고는 나쁘지 않았다. 그리고 집은 여전히 비어 있었다. 주혜는 빈집이 처음으로 나쁘지 않게 느껴졌다.

뒤 베란다로 가서 창문을 열었다.

방금 내려온 달동네에 드문드문 불이 들어오고 있었다. 불빛은 아무렇지 않은 척 동네의 아픔을 품고 있었다.

'그래, 눈에 보이는 것이 다가 아니라는 말이 무슨 뜻인지 이제 알겠네.'

주혜가 낮게 중얼거렸다. 엄마는 여전히 늦을 모양이다. 주혜는 엄마에게 전화를 걸어 낮에 있었던 이야기를 쏟아 낼 참이었다. 엄마도 분명 기뻐할 것이다. 하지만 전화기를 꺼내기도 전에 소파에 앉아 졸기 시작했다. 그러고는 하루가 이렇게 긴 것은 처음이라고 생각하며 곧 잠에 빠져들고 말았다.

일요일이고, 초가을 아침이었다.

주혜가 가벼운 마음으로 비탈을 오르기 시작했다. 숨을 고르고 비탈집 대문으로 들어섰다. 그때 기다렸다는 듯이 할머니와 경은 언니의 투닥거리는 소리가 마당을 가로질러 왔다. 진즉에 말싸움이 시작된 모양으로 목소리 톤이 높아지고 있었다.

"할머니, 이제 그만 좀 하세요!"

"죽으면 썩어질 몸인디 성할 때 움직거려야지."

"누가 할머니 걱정돼서 그래요?"

"아녀?"

"온 동네가 보일러 할배랑 할머니랑 정분 났다고 떠들썩하단 말이에요."

"아, 내비 둬. 입방아야 올랐다가 다시 내려가면 되는 것이고."

"할머니 때문에 내가 못 살아."

"창피해 죽겠다고요."

경은 언니가 투덜거리며 밖으로 나왔다. 주혜는 자신도 저 둘 사이에 끼고 싶다는 생각이 들면서 갈비뼈 밑 어디쯤이 간질거리는 느낌에 사로잡혔다. 주혜는 할머니와 경은 언니가 주고받은 말이 전혀 이상하지 않을 뿐만 아니라 정겹기까지 했다. 그러자 정겹다는 그 생각을 하는 자신이 또 정겨웠다.

"아이구, 또 왔어?"

주혜를 발견한 할머니는 반가운 기색이 역력했다.

"할머니, 오늘은 어디 가세요?"

"아, 어디는 어디여. 고물 주으러 가야지."

"저도 같이 가요."

"아이구, 요것이 아조 껌딱지구먼 껌딱지여."

"우리 사진도 찍어요."

주혜가 폴라로이드를 할머니 눈앞으로 디밀었다.

"그놈의 사진기가 아직도 필요한겨?"

"'추억을 위한 첫 번째 조건은 기록이다.' 이런 말이 있거든요."

"뭔, 신소리여?"

할머니가 앞장서 비탈을 내려가자 리어카가 할머니 뒤를 따랐다. 주혜는 오늘 하루가 기대됐다. 할머니와 함께라면 진짜 재미있는 하루가 펼쳐질 것 같았다. 주혜는 '사진 한 장이 얼마나 중요한데요.'라는 말 대신 할머니 모습을 카메라에 담기 시작했다.

4.

그림자 세탁소

그림자 세탁소

솔은 집요했다. 아까부터 운동화 안쪽을 집중적으로 물어뜯는 중이었다. 덕분에 발꿈치가 닫는 부분의 섬유 조직이 성글어지고 있었다. 운동화는 늘 솔을 이기지 못하고 오백 원짜리 동전 크기로 구멍을 보이며 끝장이 나곤 했다.

힘껏 밀던 동우의 손에서 솔이 미끄러졌다. 순간 짜르르한 전기가 오른 모양이었다. 동우가 허공을 향해 손을 뿌려 댔다. 허옇게 불은 손바닥이 쪼글쪼글했다. 그때 동우가 손바닥을 뒤집었다. 손등에는 점인지, 멍인지 모를 것으로 얼룩덜룩했다. 동우가 시선을 돌려 솔을 찾았다. 솔은 드라이클리닝 세탁기 앞으로 달아나 있었다. 두어 발짝을 걸어 간 동우가 솔을 집어 들었다. 솔은 손잡이가 떨어져 나가 몸통만 남은 상태였다. 동우가 다시 운동화를 밀기 시작했다. 솔은 동우의 손아귀에 단단히 잡혀 있었다. 언젠가 동우는 솔의 몸통을 쥐면 손잡이가 팔목을 건드리고, 손잡이를 잡으면 손에 힘이 제대로 들어가지 않는다고 투덜댄 적이 있었다. 이젠 솔을 놓칠까 봐 불안해하지 않아도 됐다. 손잡이가 떨어져 나간 솔은 동우의 손에 딱 들어맞았다.

나는 아까부터 '물세탁 가능'이라고 써진 바구니 앞에 서 있었다. 동우는 그런 나를 애써 무시했다. 나도 그런 동우를 아는 체하고 싶지 않아 딴청을 부리는 중이었다. 나는 물빨래가 가능한 옷을 세탁조에 넣기 시작했다. 이번 주의 마지막 세탁물인 셈이다. 세재를 계량해 넣고 전원 버튼을 눌렀다. 세탁기가 두어 번 묵은 기침을 토해 내듯 덜컹거리다 수평을 잡았다. 수조 속으로 물이 쏟아지지 시작했다. '남은 시간 1:20'이라는 숫자가 떴다. 세탁기는 묵묵히 자신의 일을 해내는 중이었다. 나는 그런 세탁기를 하릴없이 바라봤다.

그때 상가 입구 쪽에서 'ㅊㅊ, ㅊㅊ' 하는 소리가 들려왔다. 발소리는 일정한 간격을 유지했다. 배달 나간 아버지가 돌아오는 중이었다. 키가 작고 마른 아버지는 발뒤꿈치를 약간 들고 걷는 습성이 있었다. 아버지의 걸음걸이는 독특했다. 구두를 신고 또박또박 걷는 신사의 걸음걸이도, 운동화를 꿰고 처덕거리며 걷는 소리도 아닌 아버지 특유의 것이었다. 그건 한 번 목표를 정하면 절대 놓지 않는 동물의 걸음걸이를 닮아 있었다. 어둠 속을 응시하던 도둑고양이가 목표물을 향해 몸을 날리듯 어느새 아버지의 기척이 문 앞에서 느껴졌다. 아버지는 항상 스물두 번째 걸음에서 세탁소 문을 밀었다. 오늘도 예외란 없었다. 아버지가 문이 밀고 들어왔다. 비릿한 비의 예감이 아버지와 함께 들어왔다. 벌써 며칠 째 우중충한 날씨는 습한 물기를 머금고 있었다. 동우가 주춤 일어났다. 동우의 손을 벗어난 흰 운동화가 대야 속으로 급히 몸을 감췄다.

"다 되어 가냐?"

아버지가 동우를 보며 말했다. 수거해 온 옷이 노란 바구니 속으로 쏟아져 들어갔다. 동우는 아무런 대꾸도 하지 않았다. 그저 아버지의 시선을 피하듯 시멘트 가장자리에 슬그머니 걸터앉을 뿐이었다.

동우는 토요일 저녁이면 아버지가 운영하는 세탁소에서 운동화를 빤다. 영구 임대 아파트에 있는 세탁소가 운동화 하나는 제대로 빤다는 소문이 자자하다며 어느 날 엄마가 동우를 쳐다보며 자랑스럽게 말했다. 그 덕분인지 토요일 저녁이면 예닐곱 켤레의 운동화가 동우를 기다리고 있다. 호스가 달린 수도꼭지와 대야, 비누, 솔이 운동화와 함께 짝을 이루고 있었다. 대야 끝에 걸린 호스는 수도꼭지를 꽉 문 채였다.

"뒤축 안 다치게 잘 해."

지난주엔가, 운동화를 찾으러 왔던 203호 아줌마가 악다구니를 써 댔다. 멀쩡한 운동화를 버리게 됐다는 게 이유였다. 동우는 억울한 생각이 들었지만 모른 척했다. 203호 운동화는 뒤축이 무너지기 직전에 세탁소에 맡겨 졌었다. 아버지는 미안하다며 연신 고개를 조아렸다. 그 덕분인지 203호는 세탁 한번 제대로 됐다며 못 이긴 척 돌아섰다.

"세탁을 맡겼으면 제때제때 찾아갈 것이지……."

아버지가 쯧 혀를 찼다. 그러고는 구석에 세워 둔 폴대를 집어 들었다. 폴대는 V 형태로 끝이 갈라져 있었다. 아버지가 천정에 매달려 있는 옷 사이를 능숙한 솜씨로 헤쳐 나갔다. 자신에게 맞춤한 옷을 찾는 중이었다. 츠츠, 츠츠 바닥을 스치듯 걷은 특유의 리듬감이 전해져 왔다. 곧 은색 스카프가 꽂혀 있는 정장이 내려왔다. 비닐이 벗겨졌다. 옷은 다림질이 잘 돼 있었다. 먼 친척의 칠순 잔치에 입고 갈 옷으로는 좀 어울리지 않는 듯싶었다. 아버지는 늘 저런 식이다. 남이 맡긴 옷을 슬쩍 입고 걸어 두기 일쑤였다.

"딴 생각 말고 기다리고 있어!"

아버지가 열쇠 꾸러미를 챙겨 들었다. 철컹 소리를 내며 주머니 속으로 사라진 열쇠와 동시에 아버지가 문을 밀고 밖으로 나갔다. 츠츠, 츠츠 발소리는 정확히 스물두 번째 걸음에서 더는 들리지 않았다. 아버지가 상가를 벗어났다는 뜻이었다. 동우는 빨고 있던 운동화를 팽개치듯 버리고 대야에 잠겨 있는 운동화를 건져 냈다. 물에 불은 비누가 흰 운동화에서 미끄덩대며 흘러내렸다.

나는 마침 빨래를 마친 세탁기 앞으로 갔다. 세탁기가 덜컹대며 멈추고 있는 중이었다. 세탁 시간을 알려 주는 계기판이 눈에 들어왔다. 그곳에는 '남은 시간 1:20'이라는 숫자가 여전히 떠 있었다. 세탁기는 치매 걸린 노인처럼 굴었다. 가끔 탈수를 잊기도 했고, 끝없이 헹굼을 하기고 했으며, 아예 처음부터 다시 세탁을 시작하기도 했다. 나는 빨래가 다 되었다는 것을 경험으로 알았다. 세탁기 뚜껑을 열었다. 세탁기 안에서는 오래된 물때와 세제가 뒤섞인 쿰쿰한 냄새가 났다. 드라이클리닝 한 옷을 꺼낼 때 나는 솔벤트의 냄새와 사뭇 다른 냄새였다. 나는 깊이 숨을 마셨다. 화공 약품이 주는 낯선 냄새보다 익숙한 물 냄새가 좋았다. 비죽이 나와 있는 옷소매를 잡아당기자 세탁물이 뭉텅이로 올라왔다. 나는 주저앉았다. 그러고는 지독하게 엉킨 옷을 풀기 시작했다.

"벌써…… 토요일이야."

동우가 혼잣말을 했다. 운동화 바닥은 기어이 오백 원짜리 동전만 하게 뚫려 있었다. 동우가 자세를 고쳐 앉았다. 한쪽 다리를 심하게 떨고 있었다. 그 사이 운동화에 일었던 거품이 죽어가고 있었다. 동우는 다른 쪽 운동화를 사타구니 앞으로 끌어 당겼다. 새로운 일감을 얻은 사람처럼 운동화 바닥을 밀기 시작했다.

동우는 아버지 얼굴을 모른다. 얼굴은 고사하고, 자신을 세상에 있게 한 남자에 대한 어떤 조짐도 발견한 적이 없다. 사진 따위의 물건이나, 이모나 외삼촌 같은 친척들의 행동을 통해서도 알 길이 없다. 거기에 관련된 어떤 것도 들은 기억이 없다. 어쩌면 그들도 동우처럼 모르고 있는 건 아닐까?

일곱 살이 되던 해 동우는 외가를 떠나 엄마에게로 왔다. 어쩌다 명절에나 얼굴을 보이던 엄마가 결혼을 했다고 이모가 말했다. 엄마를 따라온 곳은 13평 영구 임대 아파트였다. 현관에 들어선 엄마 옆에 늙지도 젊지도 않은 아저씨가 낯설게 웃고 있었다.

"함께 살긴 하지만 우린 남이다!"

처음 본 동우를 향해 낮고 분명한 목소리로 아저씨가 속삭였다. 동우도 작지만 또렷하게 고개를 끄덕였다. 동우의 대답을 확인한 아저씨가 자신이 나왔던 방으로 들어가 버렸다. 동우는 엄마를 따라 두어 평짜리 작은 방으로 들어갔다. '여기가 네 방이야.' 엄마가 살짝 떨리는 목소리로 말했다. 자신의 힘으로 아들의 방을 만들어 준 것에 대한 일종의 감격인 듯했다.

다음 날, 엄마는 사진관에서 결혼사진을 찾아왔다. 안방 가운데 못을 박고 사진을 걸었다. 당연히 그 액틀 속에 동우는 없었다. 거기엔 작고 성마르게 생긴 늙지도 젊지도 않은 신랑과, 살집 좋고 키가 큰 신부가 웃고 있을 뿐이었다. 동우는 빈집에 혼자 있을 때면 사진틀 아래 서 보고는 했다. 신랑과 신부 사이에 자신을 세워 보는 일이 그닥 즐겁지 않았음에도 불구하고 그 놀이를 멈추지 않았다. 한참을 그렇게 서 있다가 돌아보면 늙지도 젊지도 않은 신랑의 웃음은 어느새 조소로 바뀌어 있었다.

동우는 헌옷과 함께 자고 먹었다. 작은방에는 헌옷 가지가 쌓여 있었다. 사방 벽에 설치된 행거에는 또 다른 옷들이 빽빽했다. 그 옷들은 아저씨가 헌옷 수거함에서 가져온 것이라고 했다. 엄마는 그 옷들을 수선해 무게를 달아 팔았다. 수선된 옷은 모두 해외로 팔려 간다고 했다. 엄마의 일터는 아저씨가 운영하는 세탁소 한 켠이었다. 엄마는 아저씨가 수완이 좋다고 했다. 그래서 자신은 땡 잡은 거라고도 했다. 하지만 집안 경제는 엄마가 하는 헌옷 수선이 수입의 대부분을 차지했다. 동우는 헌옷이 좋아지기 시작했다. 어느 날부터인지 모르지만 동우는 헌옷이 되어 있는 자신을 상상하곤 했다. 그 일은 생각보다 즐거웠다. 누군가에게 선택된다는 것, 그것이 엄마라면 더할 나위 없겠다는 생각도 했다. 그런 기다림은 아무런 문제가 되지 않았다. 문제가 되지 않을 뿐더러 살아 있다는 생각이 들게 해 주었다. 기다리고 기다리다 지칠 때쯤 엄마의 눈에 띈다. 그리고 엄마의 능숙한 솜씨에 의해 변신을 하고, 비닐봉지에 싸여 배를 타고 먼 나라에 당도한다. 그곳에서라면 누군가에게 쓸 만한 옷이 될지도 모른다는 생각을 하고 또 했다. 상상은 무한정 반복됐다. 하지만 동우의 상상은 거기까지였다. 자신이 수선될 차례를 기다릴 새도 없이, 헌 옷의 실밥을 트는 일을 해야 했기 때문이다. 쪽가위를 들고 옷의 솔기를 트고 목선의 실밥을 땄다.

어느날 밥을 먹고 있는데 아저씨가 들어왔다. 둘의 눈이 마주쳤다. 순간 동우는 얼른 시선을 비꼈다. 눈칫밥으로 알게 된 사람들의 품성이 아저씨에게서는 느껴지지 않았기 때문이었다. 화를 잘 낸다거나, 성질이 유순하다거나, 가장 나쁜 경우인 포악한 감정마저 읽어 낼 수가 없었다. 그건 나와 다른 사람이라거나 비슷하다는 느낌이 아니었다. 그곳에는 깊이를 알 수 없는 어둠이 도사리고 있을 뿐이었다.

"너도 밥값을 해야 한다는 것쯤은 알고 있겠지?"

학교에 들어가고 한 달이 지났을 때 아저씨가 말했다. 동우가 낮게 고개를 끄덕였다. 동우는 아저씨가 운영하는 세탁소에서 아저씨가 말한 밥값을 했다. 세탁소는 영구 임대 아파트 상가에 있었다. 그 상가에는 응당, 마땅히 있어야 할 것들이 자리를 잡고 있었다. 이를테면 할인 따위는 전혀 하지 않는 점방 같은 슈퍼와, 늘 같은 머리 모양을 고집하는 미용실, 커다란 통에 잔반 찌꺼기가 넘치는 중국집, 두어 달 간격으로 이름을 바꿔 다는 보습 학원이 자리하고 있었다.

동우는 학교가 끝나면 세탁소에서 수거된 운동화를 빨았다. 쪽가위를 들고 헌옷 사이에서 솔기를 트는 일이 운동화를 빠는 일보다 훨씬 나았다. 하지만 이젠 그건 동우의 몫이 아니었다. 아저씨는 그건 네 엄마의 일이라고 했다. 그는 동우가 헌옷 만지는 것이 싫다고 했다. 동우가 처음으로 세탁소에서 자신의 밥값을 한 날이었다. 사람들이 상가의 평상에 모여 맥주를 마시고 있었다. 그때 아저씨가 동우를 불렀다. 그러고는 사람들 앞에서 자신을 아버지라고 부르라고 했다. 술을 마시지 않는 아저씨는 왠지 취한 사람처럼 보였다. 동우는 팔뚝에 거스러미가 이는 것을 꾹 참았다. 입술을 달싹여 보았지만 소리는 말이 되어 나오지 않았다. 슈퍼 집 이씨가 왜 얌전한 아이를 놀리냐며 아저씨를 나무랐다. 그 뒤로도 아저씨를 아버지라고 부를 일은 결코 없었다. 그건 아저씨가 동우를 아들이라고 부를 일이 없는 것과 같았다. 적어도 그 일이 일어나기 전까지는 그랬다. 그 사람이 남들 앞에서 동우를 자신의 아들이라고 하기까지는 육 년이라는 시간이 걸렸다. 동우는 아버지라는 말이 무서워졌다.

"날마다 같은 꿈이야!"

동우가 솔질을 멈췄다. 나는 린넨 소재의 재킷을 옷걸이에 걸고 있었다. 낡은 세탁기에서 나온 마지막 세탁물이었다. 마보다는 실크 느낌에 가까운 주황색 상의는 조직이 섬세했다. 옷은 결을 따라 기하학적인 무늬를 만들어 냈다. 나는 그 결을 따라 손가락을 움직이고 있었다.

"크고 검은 새의 꽁지깃이 자꾸 입속으로 들어와. 밀어내고, 버티고, 뱉어 내도, 집요하고 잔인하게……."

동우의 발에 구정물이 튀었다. 그것은 소금기 같은 허연 꽃을 맨발에 피워 내고 있었다. 그 위로 직조감이 두꺼운 겨울 청바지가 복숭아뼈를 살짝 덮고 있었다. 동우가 '너는 그런 꿈을 꾸지 않느냐?'고 물었다. 나는 꿈을 꾸지 않는다고 했다. 그건 진심이었다. 나는 꿈을 꾸지 않는다. 누웠다하면 죽은 듯 잤다. 자는 시간은 정해져 있지 않았지만 일어나는 시간은 늘 일정했다. 새벽 5시 45분 무렵이면 눈을 뜬다. 나는 린넨 재킷을 건조대에 걸었다. 세탁기에서 나온 옷들은 일정한 간격을 유지하며 건조대에 목을 메달고 있었다. 주황색 재킷이 두어 번 흔들리다 제자리를 찾았다.

"그건 물컹하고 비릿한 그런 느낌이야."

"새 꽁지가 그런 느낌이 날 리가 없잖아?"

"그래도 그런걸."

나는 마른침을 삼켰다. 동우가 어깨를 웅크리고 수도꼭지를 비틀었다. 쉿, 소리를 내며 물이 쏟아졌다. 그러자 이번에는 손목에 힘을 주고 천천히 수도꼭지를 닫기 시작했다. 수도는 열리지도 완전히 닫히지도 않는 그런 상태가 됐다. 물이 졸졸거리며 고무호스를 따라 흘렀다. 가늘고 긴 오줌 줄기처럼 시멘트 바닥에 길을 내며 흘러 내렸다. 한번 길을 낸 물은 정해진 곳으로만 흘렀다. 동우가 천천히, 아주 천천히 청바지의 지퍼를 내렸다. 그러고는 내게 등을 보인 채 쭈그려 앉아 오줌을 싸기 시작했다. 나는 그런 동우를 보자 뭔가가 툭하고 떨어져 나간 기분에 사로잡혔다. 오줌 줄기가 물길에 섞여 들며 하수구 쪽으로 내려갔다.

"아이스크림 먹을래?"

나는 갈증을 느끼며 물었다. 동우가 고개를 끄덕였다. 동우는 앉을 때 그랬던 것처럼 일어설 때도 천천히 무릎을 펴고 일어났다. 그러고는 청바지의 지퍼를 올렸다. 땀에 절은 청바지가 답답해 보였다. 나는 세탁실을 가로질렀다. 작은 냉동고에는 서리가 잔뜩 끼어 있었다. 삼색 아이스크림이 들어 있는 사각 통을 꺼냈다. 아이스크림은 바닐라와 초콜릿이 조금 남아 있었다. 내가 좋아하는 딸기 맛은 더는 남아 있지 않았다. 나는 조금 아쉬웠다. 나는 동우를 위해 아이스크림을 조금만 떴다. 동우는 내가 건넨 초콜릿 아이스크림을 묵묵히 받아먹었다. 나는 숟가락 가득 바닐라 아이스크림을 떠서 입속으로 몰아넣었다. 입이 괄약근처럼 닫히며 밖으로 빠져나오려는 아이스크림을 막았다. 나는 동그랗게 모아진 입술에 힘을 줬다. 코에서 바람이 빠져나갔다. 그러자 입이 열렸다. 아이스크림이 조금씩 밖으로 흘러내렸다. 차갑게 굳은 혀가 미각을 잃어버렸는지 향이 느껴지지 않았다. 동우가 내게서 숟가락을 가져갔다. 아이스크림은 그렇게 먹는 게 아니라고 동우가 말했다. 동우는 아이스크림을 숟가락 끝으로 살살 긁어 입으로 가져갔다. 그러고는 음미하듯 아이스크림을 혀끝에서 굴렸다. 사탕 크기의 아이스크림이 오래도록 동우의 입속에 머물렀다. 나는 그렇게 먹는 건 아이스크림에 대한 모독이라고 했다.

"왜 그래? 초콜릿이잖아."

동우는 몇 숟가락 먹지 않은 아이스크림을 물처럼 게워 냈다. 그새 곤죽이 된 아이스크림은 붉으죽죽했다. 나는 동우의 등을 두드려 주었다. 그냥 두면 한없이 게워낼 터였다. 동우의 눈에 핏발이 섰다. 그제야 구역질도 멈췄다. 동우가 칫솔 가득 치약을 짰다. 칫솔을 물고 양치를 시작했다. 나는 동우가 울기를 기다렸다. 하지만 동우는 울음을 입 밖에 낸 적이 없다. 울음이 차오르면 구역질을 했다. 내가 할 수 있는 일이라고는 등을 두드려 주는 게 고작이었다.

"닦아도, 닦아도 개운하지가 않아."

동우가 거품으로 변한 치약을 물고 말했다. 사각 통에 남은 바닐라 아이스크림이 가장자리부터 녹아내리고 있었다. 동우는 바닐라 아이스크림은 먹지 않는다. 비릿한 향이 싫다고 했다. 나는 빠르게 녹고 있는 아이스크림을 숟가락으로 훑었다. 누런 국물이 된 아이스크림을 재빨리 핥아 먹었다. 바닐라 향이 입안을 채웠다.

"늘, 입안에서, 비릿한, 냄새가, 떠돌아, 다녀."

동우가 짧게 끊어 말했다.

"꿈을, 꾸고, 난, 다음 날은, 더, 심해."

동우가 입을 헹궜다. 거품이 채 가시지 않는 칫솔에 다시 치약을 묻혔다. 그러고는 또 양치질을 했다. 나는 입맛을 잃어버렸다.

동우는 아저씨에게 아버지라 부르는데 웃음이 났다고 했다. 6년 만이었다. 그곳이 경찰서라서 그랬던 것 같지는 않다. 다만 그 상황에서 '제가 애비 되는 사람입니다'라던 당당함이 당혹스러워 웃음이 났던 것 같다고 했다. 경찰관이 아버지가 맞느냐고 물었고 동우는 고개를 끄덕이는 것을 잊지 않았다.

"그 개 같은 새끼 어디 있습니까?"

자신의 직위를, 혹은 존재를 확인한 순가 아버지가 고함을 쳤다. 아버지는 똥파리처럼 붕붕거리고 있었다. 지독한 냄새를 피우는 똥을 발견했을 때 파리가 느끼는 흥분이 아버지에게서 느껴졌다. 그건 마치 몇 번 날지 않고도 쉽게 자신의 배를 채울 수 있다는 육감인 듯했다.

"내 새끼를 이렇게 만든 놈 어디 있냐고?"

아버지는 동우 옆에 있는 의자를 들었다 놨다 했다. 경찰관이 진정하라며 말렸다.

"죽을죄를 지었습니다."

조서를 쓰고 있던 담임이 비칠대며 일어섰다. 담임은 고개를 조아리고 있었다. 동우에게 끈적하게 달라붙던 모습이 아니었다.

"너, 이 자식! 너도 인간이야?"

아버지가 담임의 멱살을 잡았다.

"사람의 탈을 쓰고 어떻게 어린애한테 그럴 수가 있어?"

담임은 키가 크고 몸집이 비대했다. 아버지의 발이 허공에 뜬 채 버둥댔다. 앞꿈치가 닳은 신발 끝이 바닥에 닿을락 말락 했다. 담임 얼굴에 피가 몰렸다. 하지만 아버지는 멱살을 놓지 않았다. 자신의 목을 흔들고 있는 아버지 손을 잡은 담임이 고개를 조금 숙였다. 그러자 아버지의 발이 바닥에 닿았다. 한숨을 몰아쉰 아버지가 몇 번 더 담임의 목을 흔들어 댔다.

"죽어도 합의 같은 건 못하니까 콩밥 먹을 준비해! 알았어?"

아버지는 진정으로 비통해했다. 그러고는 동우가 애라는 걸 누누이 강조했다. 담임이 목을 쓸며 말했다. 자신이 잠시 미쳤었던 거 같다고. 선처를 바란다고. 제발 자신의 아이들이 모르게만 해 달라고. 합의만 해 주면 뭐든 다 하겠다고 했다. 담임이 머리를 조아릴수록 아버지의 목청은 높아 갔다. 그런 아버지의 얼굴에 돌연 화색이 돌았다. 아들의 앞날을 위해 분노하고 비통해 마지않던 목소리가 어느 순간 잦아들었다. 담임이 부른 합의금을 확인하는 순간이었다. 아버지가 의자를 끌어다 담임 옆에 바짝 붙어 앉았다. 합의금이 결정되자 아버지는 조서고 뭐고 필요 없다고 경찰서가 울리도록 말했다. 이미 접수된 사건은 절차를 거쳐야 한다고 경찰관이 차갑게 대꾸했다. 아비인 내가 괜찮다는데 당신들이 뭔 상관이냐고 다시 목소리를 높였다. 조서를 꾸미고 있던 경찰관이 혀를 찼다. 합의금은 삼일 뒤 통장으로 들어왔다. 합의금을 확인한 아버지가 동우를 앞장 세웠다. 동우는 학교에 가고 싶지 않았다. 하지만 가야 했다. 아버지는 초등학교는 의무

교육이라며 동우를 교실 앞까지 바래다 줬다. 동우는 그렇게 자신의 의무를 다해야 했다. 담임은 다른 학교로 가고 없었다. 하지만 새로 담임을 맡은 여선생은 동우와 한 번도 눈을 맞추지 않았다.

"그 사람이 합의금으로 뭘 했는지 알아?"

치약을 칫솔에 짜며 동우가 물었다.

"입안 다 헐겠다. 오늘은 그만하면 됐어."

나는 동우에게서 칫솔을 빼앗았다.

"저걸 샀어."

민숭한 얼굴로 동우가 드라이클리닝 세탁기를 가리켰다. 드라이클리닝 세탁기는 세탁소와 어울리지 않게 덩치가 컸다. 천정을 이고 있는 듯한 크기도 감당이 안 됐지만 더 큰 이물감은 최신기술의 은나노 제품이라는 거였다. 그것은 헌옷을 수선하는 재봉틀과 타이머 기능을 잃어버린 물 세탁기 사이에서 은빛으로 빛났다. 칠이 벗겨진 벽과, 군데군데 시멘트가 패인 바닥과, 세탁소의 열기로 누렇게 바랜 천정과 도무지 어울리지 않았다. 위풍당당할 것만 같은 20㎏짜리 드라이클리닝 세탁기는 어딘지 모르게 잔뜩 주눅이 들어 보였다.

"저건 나야."

동우가 낮게 말했다.

"엄밀히 말하면 나이기도 해."

내가 말했다. 나는 수도꼭지를 비틀어 물을 받았다.

동우가 흰 운동화를 대야에 넣고 헹구기 시작했다. 흰 운동화의 바닥은 기어이 양쪽 모두 오백 원짜리 동전만 하게 미어져 있었다. 슈퍼가 문을 닫는지 잠깐 수런댔다. 운동화를 헹구던 동우가 벽에 걸린 시계를 봤다. 이제 곧 자정이었다. 시계는 토요일이 지나고 일요일이 됐음을 알리고 있었다. 밖은 짧은 여름밤을 위해 서둘러 걸음을 옮기는 중이었다. 동우는 맑은 물이 나올 때까지 흰 운동화를 헹구고 또 헹궈 냈다.

"그날도 오늘처럼 무더웠어."

동우가 물기 없는 억양으로 말을 꺼냈다. 헹굼이 끝난 운동화를 세탁기에 넣고 탈수 버튼을 눌렀다. 위잉 턱, 위잉 턱하며 세탁기가 탈수를 시작했다.

그날은 아저씨 눈빛이 달랐어. 세탁소에서 무슨 일이 있었는지 들어올 때부터 화가 나 있더라고. 마치 터지기 직전의 풍선 같았어. 곧 엄마를 때리기 시작했지. 난 방문 앞에 서서 꼼짝하지 않았어. 내가 움직이면 엄마가 곱절로 맞았거든. 그건 아저씨가 정한 규칙이야. 아저씨가 잠시 숨을 고를 양인지 화장실로 들어갔어. 그때 엄마가 세탁소 열쇠를 내 손에 쥐어 줬어. 나는 뒤도 돌아보지 않고 세탁소로 뛰었어. 내가 없으면 엄마가 더 맞을지, 덜 맞을지 몰랐지만 그런 일에는 조금도 마음이 쓰이지 않았어. 그저 그 상황을 벗어나고 싶다는 생각밖에 안 들었어. 그 열쇠가 나를 다른 세상으로 인도할 것만 같더라고. 열쇠를 주머니에 넣지도 못하고 손에 쥐고 뛰었어. 여기서 벗어나면, 여기서 벗어나기만 하면, 그 생각뿐이었어. 나는 컴컴한 복도를 더듬어 세탁소로 들어갔어. 어둠이 눈에 익을 때까지 기다렸어. 그리고 저기 보이는 세탁기 사이로 들어갔어. 동우가 드라이클리닝과 물 세탁기 옆에 있는 좁은 틈을 가리켰다. 그곳은 시멘트 턱 때문에 한뼘 정도 비어 있었다. 한참의 시간이 흘렀어. 철컥 소리와 함께 문이 열렸어. 문 사이로 검은 그림자가 들어왔어. 그림자는 등 뒤로 손을 돌려 다시 철컥 소리를 내며 문을 잠갔어. 그림자가 천천히 다가왔어.

"오늘 밥값은 이것으로 하자."

그림자가 말했어. 그가 세탁기 사이에서 날 끌어냈어. 그러고는 엄마가 수선을 하다가 잠시 허리를 펴던 평상으로 이끌었어. 나는 평상을 기었어. 한쪽 벽을 잡고 구석으로 가 박혔어. 그가 내게 손을 내밀었어. 나는 팔을 들어 머리를 감쌌어. 뜻밖에도 매 대신 부드러운 손길이 느껴졌어. 그의 손이 차고 미끄러울 거란 생각은 나만의 것이었어. 그의 손은 따뜻하고 부드러웠어. 갑자기 다리가 후들거렸어. 분명히 그의 손은 따뜻하고 부드러웠는데 말이야. 서 있는 것도 아닌데 다리에 힘이 풀리고 기운이 빠졌어.

"이리 와, 이쪽으로."

그가 나를 달랬어. 나는 무릎걸음으로 그가 이끄는 대로 했어. 그가 날 평상에 눕혔어. 나는 눈을 질끈 감았어. 뜨겁고 축축한 입김이 귓바퀴를 건드렸어. 잠을 잔 것도 깨어 있는 것도 아닌 상태로 며칠이 흘러갔어. 울고 싶었는데 이상하게 웃음이 났어.

탈수를 끝낸 세탁기에서 딩동딩동 하는 소리가 들렸다. 7분 만에 탈수를 끝낸 세탁기는 여전히 '남은 시간 1:20'이라는 기호를 띄우고 있었다. 동우가 세탁기를 열었다. 곧 동우의 손에 흰 운동화가 딸려 나왔다. 나는 다리미 전원을 켰다. 동우의 손에서 흰 운동화를 빼앗아 다리미판에 놓았다. 젖은 운동화에 다리미를 갖다 대자 쉬익 하는 소리와 함께 뜨거운 김이 올라왔다. 나는 혀 부분부터 시작해 운동화를 다리기 시작했다. 운동화에 남아 있던 물기가 천천히 거둬졌다. 다림질이 끝난 운동화를 동우에게 건넸다.

"시침질도 네가 해 줄래?"

동우가 다른 쪽 운동화를 건네며 웃었다. 하지만 나는 웃음이

나지 않았다. 나는 운동화에 흐린 날의 바다색 같은 천을 시침질하기 시작했다.

"꼼꼼한 건 너 못 따라가지."

동우가 곁으로 오며 말했다. 나는 시침된 운동화를 동우에게 건넸다. 동우가 재봉틀 앞에 섰다. 바늘귀가 잘 보이도록 보조 등에 불을 켰다. 노루발 앞으로 빛이 쏟아졌다. 원래 있던 노루발을 빼내고 외노루발을 끼웠다. 바늘의 크기도 바꿨다. 바늘은 9호에서 14호로 갈아 끼워졌다. 동우가 흰 운동화를 노루발 아래 놓았다. 시침핀 하나를 빼고 재봉틀을 밟기 시작했다. 발이 들어가는 운동화 입구인 칼라 부분에 흐린날의 바다색 천이 잇대어졌다. 동우는 최소한의 시접만 남기고 필요 없는 천은 운동화 속으로 밀어 넣어 버렸다. 그러고는 흰 운동화 입구에 보일 듯 말 듯 잇대어져 있는 시접을 맞붙여 잡았다. 재봉틀이 신중하게 움직였다. 바늘이 지나가자 벌려진 입구가 일자로 굳게 입을 닫았다. 동우가 등받이 없는 의자를 반 바퀴 빙글 돌려 나를 봤다.

그때 전화벨이 울렸다. 동우가 내게 눈짓을 했다. 네가 받으라는 뜻이었다. 나는 자지러지듯 울고 있는 전화를 받았다. 엄마였다. 마흔을 넘긴 엄마는 감정 표현이 서툴렀다. 갈수록 불어난 살 때문인지 목소리마저 어눌해지고 있었다. 물기 없는 음성이 전화기 너머로 들려왔다.

"동우니? 꾸물대지 말고 대충하고 들어와."

나는 알았다 하고 전화기를 내려놓았다. 동우가 박음질이 된 운동화를 들고 말끄러미 나를 쳐다봤다. 그리고 이렇게 말했다. 내가 그 사람 말을 듣지 않은 날은 엄마가 며칠이고 시달렸어. 엄마를 사랑하는지 아닌지도 모르는데 이상하게 그건 못 견디게 싫더라고. 내가 어깨를 으쓱했다. 동우가 희미하게 웃었다. 그러고는 전등 스위치를 내렸다. 불시에 어둠이 세탁소를 덮쳤다.

츠츠, 츠츠 어둠 속에서 발소리가 들려왔다. 정확히 스물두 번째 걸음에서 문이 열렸다. 그 순간 동우가 딸깍하고 스위치를 올렸다. 세탁소가 다시 환해졌다. 어둠에 익숙해 있던 아버지가 주춤했다.

"죽고 싶어! 불 꺼, 새꺄."

동우가 전등을 껐다. 아버지가 빠른 걸음으로 다가와 동우의 따귀를 갈겼다. 동우는 쓰러지지 않기 위해 휘청거렸다.

"따라와."

아버지가 몸을 돌려 평상으로 걸어갔다. 아버지는 천천히 몸을 덮쳐 왔다. 들큼한 소주 냄새와 드라이클리닝의 화공 약품 냄새가 뒤섞여 났다. 땀에 전 동우의 겨울용 청바지가 기를 쓰고 있었다. 하지만 소용없었다. 동우가 가슴에 모은 손등을 긁기 시작했다. 점인지 멍인지 모른 것들이 부풀어 올랐다. 동우의 청바지가 엉덩이를 벗어난 순간이었다. 바지를 움켜쥔 동우가 벌떡 일어났다. 아버지가 어쿠 소리를 내며 턱을 감쌌다. 동우의 정강이가 아버지의 턱을 친 모양이었다. 동우가 평상 아래로 내려섰다.

"너, 이 새끼 왜 이래. 이게 무슨 짓이야?"

아버지가 와르륵 달려들어 동우의 등짝을 후려쳤다.

"씨팔, 그만해."

동우가 천천히 돌아섰다. 동우는 맨발인 채 재봉틀 쪽으로 걸어갔다.

"네가 뒈지고 싶어 환장을 했구나."

웬일인지 아버지의 목소리에는 힘이 실리지 않았다. 아버지도 그걸 느낀 모양이었다. 인상을 쓰며 자신의 목을 쓸었다.

동우는 흰 운동화를 들고 드라이클리닝 세탁기 앞으로 갔다. 세탁기 손잡이를 잡아 당겼다. 최신 기술 은나노 세탁기는 내부도 은빛으로 빛나고 있었다. 동우가 세탁조 안에 흰 운동화를 던져 넣었다. 세탁기가 털컹하며 깊은 소리를 냈다. 몸을 구부린 채 동우가 엉덩이를 세탁기 안으로 집어넣었다. 균형을 잃은 세탁조가 좌우로 흔들리다 곧 제자리를 찾았다. 동우를 품은 세탁조는 자궁처럼 둥글게 빛났다. 안색이 변한 아버지가 뒷걸음질을 쳤다. 그런 아버지를 동우가 빤히 쳐다봤다.

초저녁에 아버지가 몰고 왔던 비의 예감은 틀리지 않았다. 멀리서 번쩍이던 번개가 눈앞에 다가와 있었다. 물기를 잔뜩 품은 어둠이 몰려오고 있었다. 동우가 감색 운동화를 찾아 신었다. 몇 달째 손님이 찾아가지 않는 운동화 중 하나였다. 신발은 새것이나 다름없었다. 하지만 동우에게 조금 컸다. 동우가 철컹대는 열쇠를 다리미 옆에 놓았다. 동우를 따르던 내 시선이 드라이클리닝 세탁기에 멈췄다. 세탁기 문은 굳게 닫혀 있었다. 안에 들어 있는 세탁물은 보이지도 않았다. 그때 전화벨이 울렸다. 동우와 내 시선이 얽혔다. 동우가 고개를 저었다. 어쩌면 동우가 맞을지 몰랐다. 전화를 받지 않으면 엄마가 세탁소에 들를 지도 몰랐다. 나는 그러기를 바랐다. 아무래도 드라이클리닝 세탁기 속 세탁물이 목에 가시처럼 걸리적거렸기 때문이다. 동우가 세탁소 문을 나섰다. 나도 동우를 따라 상가를 벗어났다.

도로를 가로질러 길을 건넜다. 덤프트럭이 쇳소리를 내며 귓가를 스쳐갔다. '너, 거기서. 박동우 개새끼야 거기 서란 말이야' 하는 아버지 목소리가 들려오는 것만 같았다. 동우와 나는 세탁소와 멀어지고자 애썼다. 졸업을 몇 달 앞둔 중학교가 눈앞에 다가왔다. 담장을 돌아 필사적으로 뛰었다.

후두둑, 장마를 알리는 빗방울이 떨어지기 시작했다.

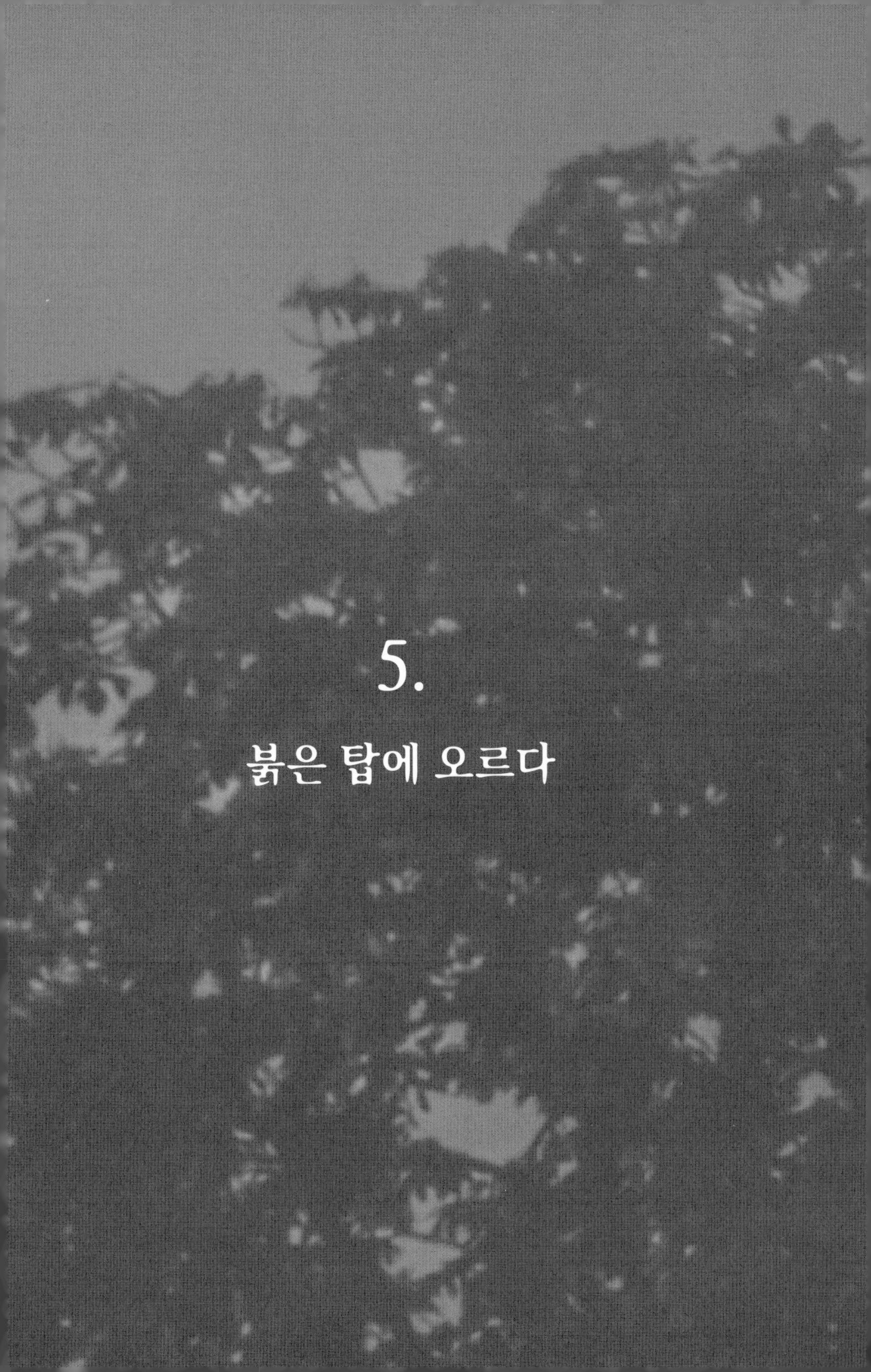

5.

붉은 탑에 오르다

붉은 탑에 오르다

텅 빈 광장, 우뚝 선 붉은 탑이 보였다. 오래된 지구의 유물인 탑은, 누구도 범접할 수 없는 위압감과 모호한 아름다움을 동시에 발산하고 있었다. 퀴어광장을 향해 쏟아지는 햇살, 길게 늘어진 동상의 그림자가 광장의 절반을 먹어 치우는 중이었다. 청동빛 동상의 주인공은 다름 아닌 키리코와 조르조 부부였다. 그들은 케플러-62e에 첫발을 들인 동성애자였다. 우주 항공 과학자였으며 남남커플인 이반이었다. 그들이 지구를 떠난 2333년은 케플러-62e의 원년이었다. 동상을 확인한 순간 레나의 고개가 꺾였다. 용기를 내려 애썼지만 어쩔 수 없는 허기처럼 부끄럽다는 생각이 밀려왔다.

"이성애자, 역겨워!"

돌이 날아와 이마를 스쳤다. 하지만 광장은 여전히 텅 빈 채였고, 아무도 보이지 않았다.

"이성애자는 번식하는 동물이다."

"우리는 더러운 동물과 함께 살 수 없어!"

또 다른 목소리가 날아왔다. 레나는 자신이 꿈을 꾸다가 낯선 공간에 발을 들인 것만 같았다. 꺼지려는 의식을 간신히 붙들었다. 그러면서 자신은 동물이 아니라고 입술을 깨물었다. 그저 남과 좀 다를 뿐이었다. 광장에 선 순간 레나는 그 사실을 다시 한번 확인해야 했다. 레나는 케플러-62e에 살고 있는 모든 사람과 달랐다. 그러자 친구인 소유와 타울이 떠올랐다. 그들은 축복받은 블러썸이었다. 여여커플의 표본이며 완벽한 조화라고 모두들 부러워했다. 레나도 그들이 부러웠다. 이마를 스친 돌도, 귓속을 파고들던 목소리도 환상처럼 아득해졌다.

"S-13, 붉은 탑에 오르거라."

케플러-62e의 11대 수호자인 칼리 얀트라의 목소리가 들려왔다. 레나는 그의 말에 복종하듯 한 걸음 한 걸음 광장을 향해 발을 떼었다. 걸음을 옮길 때마다 발바닥이 화끈거렸다. 붉은 탑을 오른다는 것은 죽음을 의미했다. 레나의 팔이 자신도 의식하지 못한 사이에 배를 감쌌다. 잊고 있던 헛구역질이 올라왔다. 지난 몇 달 동안 끈질기게 레나를 괴롭히는 증세였다. 어제 아침에 마지막으로 삼킨 키부스 비타에가 목을 타고 올라오는 것 같았다. 레나는 입을 앙다물었다. 누구에게도 그런 자신의 모습을 보이고 싶지 않았다. 이건 케플러-62e에 사는 사람들에게는 일어나지 않는 일이다. 아니 결코 일어날 수 없는 일이다. 아무도 경험해 보지 못한 것이고, 그래서 아무도 이해할 수 없을 것이다. 빨리 옮기던 걸음을 자신도 모르게 늦췄다. 서둘러 죽음을 재촉하고 싶지 않았다. 거기에 생각이 미치자 두 다리가 휘청거리며 머릿속이 뿌옇게 흐려졌다.

어느덧 거대한 붉은 탑이 눈앞에 서서히 다가왔다. 레나가 붉은 탑의 입구에 발을 들인 순간 웨어러블 컴퓨터에서 경고음이 울렸다. 중앙 통제 센터와 수신이 차단되는 소리였다. 싸늘한 냉기가 피부를 뚫고 들어왔다. 피부를 감싸고 있는 웨어러블 컴퓨터는 제2의 뇌 기능과 다름없다. 수신의 차단은 생체 감지 기능과 외부 환경 인식 기능을 잃었다는 것을 의미했다. 이제 완벽하게 혼자라는 뜻이다.

레나가 탑의 층계를 오르기 시작했다. 계단을 오를수록 레나를 압도한 것은 남색이 사라진 무지개였다. 탑의 내부가 영롱한 무지갯빛을 발하고 있었다. 레나가 고개를 들어 먼 곳을 응시했다. 창문 하나 없는 탑의 꼭대기가 아스라해 보였다. 망루처럼 보이는 지붕은 뚫려 있었다. 레나는 케플러-62e를 벗어난 삶에 대해 생각했다. 아무리 흉악범이라도 돔 밖으로 쫓겨나는 사람은 없었다. 하지만 이성애자는 사정이 달랐다. 레나는 그 사실에 새삼 몸이 떨려오는 것을 느꼈다.

레나는 자신이 살고 있는 케플러-62e의 역사를 떠올렸다. 그리고 먼먼 조상들의 별인 지구를 생각하기 시작했다. 그곳에는 자신과 같은 이성애자가 살고 있다고 전해졌다. 자신은 지구에서 약 1,200광년 떨어진 거문고자리의 별인 '케플러 62'의 행성 가운데 케플러-62e에 살고 있다. 케플러-62e 시조인 키리코와 조르조의 고향이 바로 지구이다. 지구인들은 자신들과 성이 다르다는 이유로 그들을 탄압했다. 지구에서 광대무변의 우주를 연구하던 그들은 자신들을 싣고 갈 우주선을 비밀리에 만들었다. 그리고 케플러-62e로 향하기로 결정했다. 크기가 지구의 4배이고 지구와 같은 물, 대기, 중력이 존재했기 때문이다. 거기다 케플러-62e의 기온이 미국의 하와이와 같은 30℃ 라는 획기적인 사실을 발견한 것이다. 키리코와 조르조의 선택은 탁월했다. 케플러-62e에 발을 들인 블러썸 3만 명이 환호했다. 그들은 곧바로 돔 형태의 인공 지능 도시를 건설하기 시작했다. 되도록 지구와 유사한 환경을 만들려고 노력했다. 케플러-62e는 항성인 라비의 주위를 122일로 공전했다. 행성 케플러는 자전을 하지 않는 별이다. 항성인 라비와 거리가 가까워 지구에서 보는 해보다는 큰 해가 떠 있었다. 하지만 별의 밝기가 태양의 5분의 1 정도여서 늘 구름이 낀 것 같았다. 케플러-62e에 인공 지능 도시를 건설한 중요한 이유였다. 낮과 밤은 인공 지능으로 조절되고 있었다. 이곳은 하늘과 땅의 일반적인 역할이 전도되어 있다. 사물의 외관은 정확한 모습을 지니며 빛은 확산성을 소유했다. 구름은 극도의 호화스러운 형태를 이루고 있는 반면, 그 아래에 있는 땅은 불명확하고 희끄무레한 모습을 지니고 있다.

"S-13, 멈춰라. B번 방이다."

케플러-62e의 26대 수호자 칼리 얀트란의 목소리였다. 어느새 이성애자를 상징하는 B번 방이 눈앞에 있었다. 하얀 수염을 기른 수호자가 방 분위기를 압도했다. 그의 주변에 배심원 6명이 있었고, 그들은 호기심 어린 눈빛으로 레나를 바라보고 있었다. 그들 앞에는 두꺼운 판례집이 놓여 있었다. 케플러-62e로 이주해 온 뒤 이성애자들을 처리했던 문서였다. 레나는 케플러-62e의 13번째 이성애자였다. 그들은 모두 가벼워 보이는 재질의 알록달록한 테이블에 앉아 있었다. 지구의 유물 가운데 몇 남지 않은 플라스틱 탁자와 의자였다. 그것들은 모두 낡았지만 고풍스러운 분위기를 연출하고 있었다.

"S-13이 왔으니 논의를 계속합시다."

칼리 얀트란이 배심원들을 둘러보며 낮게 말했다.

"이성애자라니! 구역질 납니다."

오른쪽에 앉은 배심원이 일어서며 소리쳤다. 넬리작스였다. 그는 레나에게 생체 공학을 가르치는 선생이었다. 그는 매번 번식을 필요로 하지 않는 동성애자의 위대성에 대해 강조했다. 생식과 번식은 미개한 동물의 전유물이라는 열변을 토했다. 하지만 배가 불룩 튀어나온 그는 아이들의 놀림감이 되기 일쑤였다. 아이들은 배불뚝이인 그를 미개한 임산부라고 놀려 댔다. 그 말은 케플러-62e에서 가장 모욕적인 말이다. 뚱뚱한 그는 항상 자신에게 필요한 적정한 양보다 많은 키부스 비에타 캡슐을 먹어 치웠다.

"넬리작스, 이 아이를 인격적으로 대우해 주기 바라오."

"저 아이는 더러운 이성애자입니다. 인격이 뭔지도 모르는 아이지요."

넬리작스가 빈정댔다. 칼리 얀트란이 매서운 눈길로 그를 쏘아보았다. 못마땅한 기색이 영력한 그가 거만한 몸짓으로 자세를 고쳐 앉았다. 그의 몸집에 눌린 노란색 플라스틱 의자가 곧 주저앉을 것처럼 위태로워 보였다.

"S-13, 여전히 생각에 변함이 없나?"

수호자는 레나를 깍듯하게 대했다. 하지만 그의 목소리는 차갑고 단호했다.

"여러분도 아시는 것처럼 이건 선택의 문제가 아니라……."

레나는 침착하려 애쓰며 대답을 했다. 레나의 말이 채 끝나기도 전에 넬리작스가 끼어들었다.

"그렇지! 이건 선택의 문제가 아니야. 넌 이미 태어날 때부터 그냥 냄새나는 이성애자였던 거야."

넬리작스의 말에 다른 배심원들이 덩달아 한마디씩 하기 시작했다.

"이건 프랙탈 측의 엄청난 실수지요."

"맞소, 이번 일을 그냥 넘긴다면 우린 또 다른 이성애자들과 섞여 살아야 한다는 뜻입니다."

"프랙탈 연구소에 대해 대대적인 조사가 이루어져야 합니다."

배심원 6명이 동시에 목소리를 높였다. 레나는 새로운 두려움에 몸을 떨었다. 단순히 자신의 문제로 끝나지 않으리란 예감이 들었다. 자신으로 인해 자칫 아빠까지 위험에 처할지도 몰랐다.

"본질을 흐리는 발언은 삼가해 주시오."

수호자가 단호하게 말했다. 하지만 배심원들은 점점 흥분하고 있었다. 그들 모두는 레나가 프랙탈 연구소장 마틴의 딸임을 알고 있었다. 특히 넬리작스는 툭하면 아빠를 헐뜯었다. 사람들은 아빠의 권위와 권력을 부러워하는 동시에 끊임없이 위협했다. 아빠 마틴을 생각하자 레나는 뭉근한 고통이 밀려옴을 느꼈다. 가슴 한 켠이 무너져 내렸다.

"넌 내 인생 최대의 역작이야."

아빠는 늘 어린 레나의 뺨에 얼굴을 부비며 말했다. 하지만 레나는 케플러-62e의 돌연변이였다. 그리고 프랙탈 연구소의 실수로 태어난 이성애자였다. 슬프게도 아빠 인생 최대의 실패작이 되고 만 것이다. 그게 신의 뜻이든, 아빠의 실수든 어쨌든 결과는 같았다. 레나는 아빠의 권위에 치명상을 입힌 돌연변이로 붉은 탑에 올라와 있었고, 자신이 이성애자임을 만천하에 공개하는 중이었다.

수호자가 깊은 한숨을 쉬었다. 그의 한숨은 열에 들뜬 사람들을 가라앉힐 방도가 없다는 신호였다.

"오늘은 이만 정회하겠소. 내일 다시 논의하도록 합시다."

수호자가 먼저 자리에서 일어났다. 흥분해 있던 배심원들은 쏜살같이 그 뒤를 따랐다. B번 방에 더 머무른다는 것을 수치스러운 일이라고 생각하는 것 같았다. 그들이 나가자 B번 방이 모습을 바꿨다. 웨어러블 컴퓨터 중앙 통제 센터에서 최첨단 그래픽 장비들을 통해 시뮬레이션 되는 중이었다. 곧 B번 방은 창문 하나 없는 회색 방으로 세팅됐다. 알록달록한 플라스틱 테이블과 의자가 눈앞에서 사라졌다. 그러자 천정에서 커쿤 하우스가 대롱거리며 내려왔다. B번 방의 내부와 완벽한 일치를 이루기 위함인 듯 코쿤은 무채색에 가까운 연회색을 띠고 있었다. 레나는 그만 눕고 싶었다. 너무 긴 시간을 걸어 왔고, 서 있었다. 레나는 떨리는 몸을 커쿤 속으로 밀어 넣었다. 눈을 감고 잠을 청했다. 하지만 꼿꼿한 의식은 레나를 먼 기억 속으로 떠밀었다. 자신이 남들과 다르다는 걸 깨달았던 순간이었다. 레나는 몸을 뒤치어 모로 누웠다.

그때 레나는 7살이었고, 기도 중이었다. 뾰족 지붕 교회에 은은한 성가가 울려 퍼지고 있었다. 머리를 길게 늘어뜨린 여사제가 기도문을 읽고 있었다.

"주님, 사랑하는 자녀들을 지켜 주소서. 그들이 눈 먼 사랑에 빠지는 죄를 짓지 않게 하시고, 당신의 뜻에 따라 자손을 번식하게 하소서……."

집에서도 학교에서도 늘상 하는 기도였다. 지겨워진 레나가 살며시 눈을 떴다. 오랜만에 곁에 있는 아빠가 든든했다. 설레기까지 했다. 아빠는 프랙탈 연구소의 생명 융합 과학자 중 최고 권위자였다. 케플러-62e에 사는 모두가 프랙탈 연구소에서 잉태되고 태어났다. 인공 시험관과 인큐베이터가 그들의 자궁이고 모체였다. 아이를 원하는 커플은 피부나 귓불에서 자신의 세포핵을 제공하기만 하면 됐다. 누구든 자신이 원하는 아이를 가질 수 있었다. 아이는 핵이 제거된 난자에 정자를 수정시킨 뒤 인공 시험관과 인큐베이터를 거쳐 세상에 태어났다. 모든 유전자 조작이 가능했으므로 자신과 전혀 다른 아이를 데리고 다니는 사람도 많았다. 아빠는 누구보다 자신의 일을 사랑했다. 레나는 자신이 아빠의 딸이라는 게 자랑스러웠다. 친구들도 그런 레나를 부러워했다. 길고 긴 사제의 기도가 끝나 가고 있었다. 아빠에게 머물러 있던 레나의 눈길이 어느 순간 한곳에 멈췄다. 레나의 눈길을 사로잡은 것은 수후였다. 눈망울이 크고 까무잡잡한 아이었다. 대각선에 앉은 수후가 뚫어져라 레나를 보고 있었다. 레나와 눈이 마주치자 수후가 허둥거렸다. 레나는 그런 수후를 본 순간 뭔가 잘못되고 있다는 걸 깨달았다. 짧은 몇 초였지만 자신이 세상과 분리된 기분에 사로잡혔다.

이튿날 아침, 레나는 침대에서 몸을 일으켰다. 어느새 침대 머리맡에는 캡슐이 한 알 놓여 있었다. 생명의 양식인 키부스 비타에였다. 캡슐 한 알은 하루 활동을 돕는 완벽한 에너지원이었다. 레나는 물과 함께 그것을 삼켰다. 어제 잠깐 일었던 헛구역질은 더는 레나를 괴롭히지 않았다. 레나는 커큔 하우스에 걸터앉아 방을 둘러보았다. 연회색의 방은 감옥이나 다름없었다. 레나는 자신이 조각난 존재의 파편처럼 느껴졌다. 피로와 무기력이 전신을 휩쓸었다.

그때 방문이 열렸다. 엄마 스톤웰이었다. 레나는 자리에서 벌떡 일어났다. 붉은 탑으로 엄마가 찾아온 것이다! 수신이 차단된 레나의 웨어러블 컴퓨터 때문에 엄마는 힘들고 어려운 길을 걸어온 것이 틀림없었다. 레나가 달려가 엄마를 껴안았다. 엄마가 레나의 머리를 쓰다듬었다. 엄마의 품이 주는 아늑함에 레나는 아주 잠시 안도했다.

"아빠는 어때요?"

"레나, 아빠 걱정은 하지 않아도 돼."

엄마가 포옹을 풀며 말했다.

"조사를 받고 있지만 곧 나오실 거야."

하지만 엄마의 다정한 말 속에는 불안이 도사리고 있었다. 눈을 내리깐 엄마가 헛기침을 했다. 하고 싶은 말을 고르느라 무척 애쓰는 눈치였다.

"레나, 다시 한번 생각해 보면 안 되겠니?"

엄마가 나직이 말했다. 레나는 그런 엄마가 안타까웠다. 며칠 사이 엄마는 수척해져 있었다.

"네가 원하기만 하면 되는 일이야. 너도 알잖니?"

"엄마, 안 되는 일이라는 거……."

"아가, 지금이라도 네가 원하기만 하면……."

레나의 상황을 알고 난 뒤 계속되는 엄마와 레나의 대화였다. 그리고 그건 엄마가 한 말 중 가장 고통스러운 말이었다. 엄마는 레나의 상황이 불가항력이라는 사실을 알지 못했다. 아무리 설명해도 받아들이기는커녕 이해하지 못했다. 엄마와 레나는 함께 좌절했다.

"레나, 어쩔 수 없구나. 하지만 아빠와 나는 너를 위해 최선을 다할 거야."

레나는 있는 힘껏 엄마를 껴안았다. 어쩌면 마지막이 될지도 모르는 포옹이었다. 엄마가 그런 레나의 등을 두드렸다.

"몸조심해야 한다. 그리고 일이 잘못되거든 라비의 길을 따라가거라."

엄마가 조용히 포옹을 풀고 돌아섰다. 레나는 엄마의 뒷모습이 멀어질 때까지 바라보았다. 커쿤 하우스에 걸터앉아 알 수 없는 열기에 쌓여 자신의 배를 어루만졌다. 엄마가 자신을 위해 위험을 무릅쓴 것처럼 레나도 그러고 싶었다.

레나는 처음 자신의 몸에 이상을 알아차리지 못했다. 케플러-62e에서 일어날 수 없는 몇 가지 일 중 하나였다. 그 일이 자신에게 생긴 걸 알고 몹시 당황했다. 하지만 누구에게도 알릴 수가 없었다. 심지어 수후에게도 조심스러웠다. 수후는 감당하지 못 할 게 분명했다. 그는 레나를 사랑했지만 소심하고 겁이 많았다. 레나는 부지런히 이성애자의 성에 관한 책을 찾아보기 시작했다.

웨어러블 컴퓨터가 원하는 건 뭐든 답을 해 줄 것이다. 하지만 그건 위험한 짓이었다.

레나는 아빠의 책꽂이에서 이성애자의 성과 사랑을 찾아보았다. 금서인 종이책은 책꽂이에 아무렇게나 꽂혀 있었다. 아빠의 직업을 안다면 하나도 이상할 것이 없는 일이었다. 하지만 레나는 조심하지 않을 수 없었다. 책장을 넘기던 레나의 심장이 쿵 하고 떨어져 내렸다. 레나는 임신 중이었다. 임신은 암수가 교미를 하여 이루어진 출산의 가장 원시적인 방법이라고 적혀 있었다. 임신 기간은 지구의 태양력으로 40주, 즉 최종 월경일로부터 280일이라고 나와 있었다. 레나는 침착하려 애썼다. 그렇다면 케플러-62e에서는 2년 40일이 필요한 셈이었다. 케플러-62e는 항성인 라비의 주위를 122일 주기로 공전했다. 1년하고 58일 뒤였다.

생각에 잠겨 있던 레나가 퍼뜩 깨어났다. 사납게 B번 방에 경보음이 울리기 시작했던 것이다. 레나는 정신을 가다듬었다. 어느새 B번 방은 어제의 모양을 갖추고 있었다. 고풍스러운 플라스틱 탁자와 의자가 나타나자 기다렸다는 듯이 수호자와 배심원 6명이 방으로 들어왔다. 그사이 커균 하우스가 천정으로 올라간 뒤 사라졌다.

"S-13, 생각에 변함이 없느냐?"

칼리 얀트란이 말했다. 레나는 대답 대신 자리에 앉았다.

"수호자님, 우리의 아픈 역사를 기억해 주기 바랍니다."

차분한 어조로 사제가 말했다. 배심원 모두 흥분해 있던 어제와 사뭇 다른 태도를 보였다. 넬리작스마저 빈정대는 얼굴이 아니었다. 레나는 긴장했다.

"그렇지요. 우리에겐 슬픈 과거가 있지요."

칼리 얀트란의 목소리가 깊은 곳에서 울려 나왔다. 넬리작스가 자신의 웨어러블 컴퓨터를 작동시키자 B번 방에는 아우성치는 군중의 모습이 넘실댔다. 그들은 몸에 붙지 않는 헐렁한 옷을 입은 지구인들이었다.

"처형하라!"

"동성애자는 신이 버린 쓰레기들이다."

성난 외침이 방을 채웠다. 동시에 이성애자 한 명이 무지개 깃발 더미에 불을 붙이고 있었다. 그들은 화형식을 치르는 중이었다. 불길이 치솟았다. 불길은 거대한 무덤을 연상시켰다. 곧이어 총을 겨눈 이성애자의 모습이 눈에 들어왔다. 눈에 핏발이 선 그의 총구에서 불꽃이 튀었다. 그의 총을 맞은 동성애자는 사람들에 둘러싸여 호모포비아라는 놀림을 당하며 죽어 갔다. 그의 손에는 '어떤 사람은 동성애자이기도 해. 그냥 이 사실을 인정해!'란 피켓이 들려 있었다. 그의 피가 피켓을 물들이는 동안, 이성애자는 또 다른 희생자를 찾기 위해 사나운 짐승처럼 날뛰고 있었다.

수호자가 결심을 굳힌 듯 헛기침을 했다.

"S-13, 판결을 내리겠다."

넬리작스가 플라스틱 탁자를 쾅 쳤다.

"똑같이 돌려줘야 합니다."

넬리작스의 차가운 한마디였다. 평소의 그와 사뭇 다른 모습이었다. 그는 빈정대지도 삐딱하게 굴지도 않았다. 넬리작스는 폭발 직전이었다. 이글거리는 눈이 먹이를 기다리는 맹수의 것처럼 이글거렸다. 레나는 침착하려 애썼다. 하지만 아가리를 벌린 구렁이가 곧 자신을 집어삼킬 것만 같아 두려웠다.

"우리는 미개인이 아니오!"

수호자가 당부하듯 말했다.

"그건 불공평합니다. 우리 조상들이 당한 만큼 갚아 줘야 공평하잖소."

"S-13은 앞으로 발생할 일의 본보기가 돼야 합니다."

"모두가 저 애의 판결을 주목하고 있어요."

배심원들이 한목소리를 냈다.

"하지만 저들과 똑같이 행동할 수는 없소."

"저 아인 신의 저주를 받은 거예요. 더는 신을 욕되게 할 순 없습니다."

이번엔 사제가 나섰다. 누구 한 사람 물러설 기미를 보이지 않았다. 수호자가 깊은 생각에 잠겼다. 그를 둘러싼 배심원들이 판결을 재촉하고 있었다.

짧고도 긴 시간이 흐른 뒤 수호자가 결심을 내비쳤다. 모두가 그를 주시했다. 그때 뜻밖의 영상이 방을 채웠다. 곧이어 위험을 알리는 경보음이 뒤를 따랐다. 사람들 한무리가 레나가 갇혀 있는 붉은 탑을 에워싸고 있었다. 그들 모두 무지개깃발을 들고 나타났다. 깃발에는 이성애자를 상징하는 남색이 채워져 있었다. 퀴어 광장에 일곱 빛깔의 무지개가 물결쳤다. 레나는 자신의 눈을 의심했다.

"이성애자의 인권을 보호하라."

"우리는 번식을 위한 동물이 아니다."

"이성애자도 사람이다. 우리의 사랑을 인정하라."

그들은 모두 한 목소리를 내고 있었다. 외침은 작지만 단호하고 격렬한 느낌을 줬다. 레나는 놀라웠다. 세상에 유일하게 자신과 수후만이 이성애자라고 생각했는데 아니었다. 광장에 나타난 그들은 수후와 자신처럼 남녀 커플을 이룬 채 팔짱을 끼고 있었다. 그들 모두는 스스로 웨어러블 컴퓨터의 수신을 차단하고 있었다. 그것은 케플러-62e의 일원이 되는 것을 포기하는 일이었다. 레나의 두려움이 썰물처럼 빠져나갔다. 레나는 혼자가 아니었다.

"폭동이라니!"

넬리작스가 소리쳤다.

"우리에게 이런 일이 가당키나 합니까?"

"일이 급박하게 됐습니다."

"문제의 원인인 저 애를 빨리 처리해야 합니다."

밖의 사태를 지켜보던 수호자의 얼굴에 곤혹스러운 표정이 떠올랐다. 사태가 걷잡을 수 없게 되는 것을 두려워하는 듯 보였다. 고심하던 수호자의 얼굴에 단호함이 서렸다.

"S-13을 돔 밖으로 추방할 것을 명령한다!"

수호자가 레나를 향해 선고했다. 기다렸다는 듯 넬리작스가 육중한 몸을 벌떡 일으켰다. 너무나 당연한 결과라는 듯 그는 득의양양했다. 나머지 배심원 5명의 얼굴에도 안도의 빛이 떠올랐다.

그들은 곧 문을 열고 밖으로 나갔다. 마지막으로 방을 나서던 넬리작스가 몸을 빙글 돌려 레나를 향해 걸어왔다. 어느새 그의 얼굴에는 빈정대는 미소가 떠올라 있었다 '레나, 네 애비 마틴은 오늘 아침 파면 당했다.' 그가 레나의 귓속에 대고 속삭였다.

"너도 그쯤은 알아야지. 안 그래, S-13."

그가 문밖을 나서며 큰 소리로 말 했다. 레나는 허물어지려는 몸을 간신히 지탱했다. 벽을 짚어 기대섰다. 그들이 문을 열고 나갔다. 문은 닫히는 것과 동시에 형태가 사라지며 곧 벽이 되었다. B번 방은 밖과 완벽히 차단됐다. 붉은 탑에 깊은 정적이 찾아왔다.

끝없는 밤이 계속됐다. 다음 날 바로 추방시킬 것처럼 단호하던 수호자도, 빈정대며 사라지던 넬리작스도 더는 나타나지 않았다. 레나는 어둠 속에서 시간을 흘려보내고 있었다. 웨어러블 컴퓨터가 차단된 상황에서는 밖의 일을 알 수 없었다. 시위에 참가했던 사람들은 어떻게 됐을까? 또 수후는? 레나는 커쿤 하우스에 누워 시간을 가늠하거나 밖의 상황을 추정할 수밖에 없었다. 자신이 붉은 탑으로 끌려왔을 때쯤 수후도 붉은 탑 어딘가로 잡혀왔을 것이다. 레나는 누구보다 수후가 그리웠다. 생각이 거기에 미치자 몸을 일으켜 세웠다.

커쿤 하우스를 벗어났다. 온기가 사라지고 등줄기가 서늘해졌다. 며칠 전에 봤던 지구인의 옷이 떠올랐다. 그걸 걸친다면 훨씬 따뜻할 것 같았다. 레나는 쓸데없는 생각을 털어 냈다. 어떻게든 빠져나갈 곳을 찾아야 했다. 지구의 유물인 붉은 탑은 웨어러블 컴퓨터 중앙 통제 센터의 통제를 받지 않는 곳이 분명히 있을 듯했다. 탑으로 올라올 때 자신이 계단을 따라 걸어왔던 것이 생각났다. 바닥을 드러냈던 용기가 조금씩 생기는 것 같았다. 벽에 몸을 바싹 붙인 채 어둠을 더듬어 나갔다. 하지만 곧 절망의 그림자가 레나를 덮쳤다. 레나는 벌써 여러 바퀴째 방 안을 돌고 있었던 것이다. 혹시나 했던 문은커녕 작은 틈새조차 찾을 수 없었다. 어지럼증이 찾아왔다. 다행이 구역질은 일지 않았다. 레나는 벽에 기댄 채 폐를 최대한 부풀렸다. 공기를 깊이 빨아들여 가슴을 한껏 부풀린 뒤 아랫배부터 천천히 뱉어 냈다. 가슴에 가득 찼던 공기가 빠져나가자 곧 어지럼증이 가라앉았다. 레나는 어둠을 되짚어 커쿤 하우스 쪽으로 돌아섰다. 커쿤에 기어올랐다. 차갑게 식어 버린 몸을 둥글게 말자 아빠 생각이 났다. 그러자 당연하다는 듯 프랙탈 연구소가 떠올랐다. 연구소의 건물은 독특한 구조를 하고 있다.

하늘을 찌를 듯한 삼각형의 건물은 자세히 살펴보면 무수히 많은 작은 삼각형이 모여 거대한 건물을 이루고 있었다. 아빠는 시

시때때로 "우리 주위의 작은 공간은 광대한 우주의 정보로 가득 차 있다."라고 말했다. 어느날 아빠는 끝없이 펼쳐진 해안선을 보며 말했다. 큰 스케일에서 봤을 때, 그저 직선에 불과한 해안선도 조금 작은 단위로 쪼개 보면 그 안에는 미세하고 구불구불한 곡선이 전체와 비슷한 모양으로 존재하고 있다고 했다. 이 현상은 대부분 규모가 점차 작아지면서 같은 모양이 되풀이해서 나타나는 특징이 있었다.

레나는 퍼뜩 정신이 들었다. B번 방의 내부는 분명 자신이 알고 있는 익숙한 구조였다. 맹거스펀지! 입체 프랙탈의 한 종류인 맹거스펀지는 가운데 구멍이 뚫린 큐브 조각의 무한 반복을 의미했다. 드디어 방을 벗어날 방법이 생각났다. 레나는 자신이 프랙탈 연구소장 마틴의 딸이라는 게 새삼 자랑스러웠다. 다시 아빠를 생각하자 가슴이 아파 왔다. 하지만 울음 따위는 잠시 잊기로 했다. 자신이 빠져 나갈 수 있는 적당한 높이를 가늠했다. 무릎을 꿇어 벽을 더듬던 레나는 손을 멈췄다. 등을 맞대고 있는 정사각형 두 개를 신중하게 골랐다. 당연하게도 사각형은 양 옆에 자신의 것과 꼭 같은 크기의 빈 공간을 가지고 있었다. 레나는 오른쪽 정육면체의 모서리를 건드려 보았다. 꿈쩍하지 않았다. 흔들 듯 조금씩 움직여 보았다. 땀이 등을 타고 흘렀다. 드디어 손가락 크기만 한 틈이 생겼다. 하지만 이제 시작에 불과했다. 자신의 손이 들어갈 만한 공간이 필요했다. 레나는 꿇고 있던 무릎에 힘을 실었다. 허리를 일으키며 정육면체의 옆면을 힘껏 밀었다. 조각은 원래 비어 있던 공간을 조금씩 채우면서 자신의 자리를 내주었다. 하나를 밀어내자 일이 수월해졌다. 이번에는 오른쪽과 맞물려 있던 육면체를 밀어내 반대편 공간을 채웠다. 드디어 레나가 들어갈 만한 구멍이 생겼다. 레나는 빨려 들어가듯 구멍 속으로 몸을 넣었다. 조금씩 앞으로 나아가며 큐브 조각을 위아래, 혹은 좌우로 밀어냈다. 레나는 신중하게 움직였다. 아무 생각 없이 조각을 움직였다가는 자칫 미로에 빠질 위험이 있었다. 그렇게 되면 영원히 B번 방의 벽에 갇혀 미라가 될 가능성이 컸다. 앞으로 나아갈수록 집중이 필요했다. 레나는 이번 큐브가 마지막이길 빌었다. 침착하게 머리 위에 있는 조각을 골라 힘껏 밀어 올렸다. 하지만 기대와 달리 조각은 움직이지 않았다. 대신 무릎을 대고 있던 조각이 아래쪽으로 밀렸다. 그러면서 희미한 빛이 새어 들어왔다. 드디어 B번 방이 뚫렸다. 신선한 공기가 느껴졌다. 곧이어 희미한 빛이 레나를 맞았다. 레나는 잠시 무릎을 끌어안고 숨을 들이마셨다. 머리를 조여 오던 느낌이 사라졌다. 레나는 들어갈 때와 반대로 조심스럽게 밖을 향해 발을 내밀었다. 곧 발이 땅에 닿았다. 레나는 조용히 자리에 선 채 붉은 탑 내부를 살폈다. 다행히 탑은 무거운 침묵에 휩싸여 있었다. 레나는 며칠 전 자신이 올라왔던 계단을 피해 반대쪽 계단을 향해 걸었다. 막 계단에 첫발을 내디딜 때였다. 커다란 머리 하나가 불쑥 눈앞에 나타났다.

"우아, 역시 제법인데!"

넬리작스였다. 비대한 몸을 흔들며 레나를 행해 남은 계단을 천천히 올라왔다. 그는 혼자가 아니었다. 배심원 두 명이 그를 따르고 있었다. 레나가 재빨리 뒤를 돌아봤다. 하지만 절망스럽게도 그곳에는 방금 빠져나온 B번 방이 있을 뿐이었다.

"어쩌지, 레나."

넬리작스가 어깨를 으쓱거리며 빈정댔다. 그는 여느 때와 마찬가지로 느물대며 여유를 부리고 있었다. 손 안에 든 먹잇감을 어르는 짐승 같았다. 더 망설일 것도 없다는 듯 돌아서 계단을 내려갔다. 배심원들이 말없이, 그러나 위협적으로 뒤에서 레나를 호위했다.

"아참, 반가운 소식이 한 가지 더 있는데 말이야. 궁금하지 않아?"

한참을 내려가던 넬리작스가 이렇게 물었다. 레나는 고개를 똑바로 들어 그를 정면으로 응시했다. 비열한 그의 술수에 말리고 싶지 않았다. 하지만 나쁜 소식일 것이 뻔한 그의 말을 기다리는 것은 고문이나 다름없었다.

"수후가 말이지, 자신은 이성애자가 아니라더군. 덕분에 그 앤 풀려났지. 아마 지금쯤이면 느긋하게 만찬을 즐기고 있을걸?"

레나는 믿을 수가 없었다. 분노보다 더한 절망이 레나를 덮쳤다. 어쩔 수 없이 고개가 아래로 떨궈졌다. 눈앞이 뿌옇게 흐려왔다.

"이제 일을 슬슬 마무리를 지어 볼까!"

레나의 눈물에 흥분한 넬리작스가 손바닥을 비벼 댔다. 그러고는 기다렸다는 듯이 성큼성큼 남은 계단을 내려갔다. 레나의 눈앞에 붉은 탑의 출구가 보였다. 탑 내부는 여전히 무지갯빛으로 일렁이고 있었다.

어둠이 퀴어 광장과 키리코와 조르조 부부의 청동빛 동상을 동시에 먹어 치우고 있었다. 어둠 속에서 그들은 여전히 인자한 미소를 짓고 있었다. 앞서 걷던 넬리작스의 걸음에 문득 힘이 실렸다. 의기양양한 그가 레나를 향해 턱짓을 했다. 기묘하고 낯선 모습을 한 제단이 한눈에 들어왔다. 처음 보는 제단 위에는 의자 모양의 발판과 머리 크기의 올가미가 대롱거리듯 내려와 있었다. 넬리작스가 그곳을 향해 앞장 서 올라갔다. 수호자와 사제를 비롯한 배심원들의 눈길이 레나를 향해 쏟아졌다. 죽음이 근처에 다가와 있었다. 레나는 온몸이 떨려 왔다. 더는 뒤로 물러설 곳이 없었다.

"가장 이성애자다운 죽음이 될 거다. 지구인들이 자행했던, 더할 수 없이 원시적이고 치욕스러운 방법으로 처형당하는 거지."

넬리작스가 레나의 귀에 속삭였다.

"저기 앞에 있는 것들이 보이나?"

레나는 자신의 눈을 의심했다. 넬리작스가 가리키는 곳에는 며칠 전 격렬하게 시위를 했던 이성애자들이 있었다. 그들은 더는 자신들의 권리를 당당하게 외치던 성난 군중이 아니었다. 그저 자신에게 닥친 위험을 알아차린 짐승처럼 두려움에 떨고 있었다.

"수호자님, 다음 순서를 진행해 볼까요?"

넬리작스는 할 일을 다 했다는 듯 자신의 자리를 찾아갔다. 더는 기다릴 것도 없다는 듯 수호자와 사제가 레나 앞으로 다가섰다. 그들은 몹시 서두르고 있었다. 수호자가 단호한 목소리로 이렇게 외쳤다.

"S-13을 교수형에 처한다!"

수호자 칼리 얀트란이 사형을 선고했다. 레나는 손이 결박된 채 교수대로 끌려 나갔다. 레나는 곧 의자 모양 발판에 올라서야 했다.

"신성한 신의 뜻이 이루어졌습니다."

사제가 죽음을 예고했다. 그는 짧은 기도와 함께 성호를 그었다. 레나의 머리에 올가미가 씌워졌다. 제단 아래 이성애자들이 술렁이기 시작했다. 여기저기서 외마디 비명이 터져 나왔다. 그 순간 의자 모양 발판이 치워졌다. 머리에 씌운 올가미의 매듭이 천천히 레나의 목을 조여 오기 시작했다.

"이제 신성한 신의 뜻에 따라 S-13을 주님께 맡깁니다. 부디 저 아이의 영혼을 거절치 마옵소서."

사제가 짧은 기도를 올렸다. 더는 아무 소리도 들리지 않았다.

"시늄 크루치스!"

기도를 마친 사제가 무릎을 꿇었다. 그녀는 검지와 중지를 레나의 목에 갔다 댔다. 맥박이 잡히지 않았다. 그러자 이번에는 자신의 품속에서 작은 깃털 하나를 꺼내 레나의 코에 갔다 댔다. 깃털은 미동도 하지 않았다.

"신의 뜻이 이루어졌습니다."

사제가 레나의 죽음을 알렸다.

"똑똑한 아이였는데 참 안 됐죠."

넬리작스가 물기 묻은 목소리를 냈다. 그는 약간 허탈해 보였다. 오랫동안 쫓던 먹잇감이 자신의 손에 들어온 순간 느끼는 쾌감과 약간의 죄책감이 뒤섞인 듯한 목소리였다.

"시신을 돔 밖으로 내보낸다."

레나는 꺼져가는 의식을 꼭 붙들었다. 호흡도 맥박도 없는 가사 상태였지만 어쩐 일인지 의식만은 또렷했다.

배심원이 들것에 레나를 실었다. 그들은 콩라베로 향했다. 미리 준비된 콩라베의 뒤쪽에 레나를 들것째 실었다. 곧 콩라베가 퀴어 광장을 날아올랐다. 모든 것이 한치의 오차도 없이 정확하게 진행되고 있었다. 콩라베가 퀴어 광장을 한 바퀴 선회한 뒤 돔을 빠져나갔다.

돔 밖은 희끄무레한 빛으로 싸여 있었다. 빛이 부족한 대신 온도가 높아 뿌연 안개를 풀어놓은 것처럼 보였다. 하지만 여기도 케플러62-e의 일부였다. 인공 도시인 돔이 건설되기 전에 살았던 흔적들이 군데군데 남아 있었지만 황폐하기 이를 데 없었다. 살아서 움직이고 있는 것은 아무것도 눈에 띄지 않았다. 메마르고 황량한 들판이 끝없이 이어지고 있었다.

한참을 날던 콩라베가 드디어 하강을 시작했다. S-13, 레나의 무덤이 될 자리가 보였다. 배심원이 무덤과 가까운 곳에 콩라베를 세웠다. 그들은 S-13이라 써진 곳에 들것을 버리듯 내려놓고 서둘러 돌아갔다.

그때 서너 명의 그림자가 레나 곁으로 다가왔다. 누군가 레나의 턱을 가볍게 들어 올렸다. 곧 고개가 뒤로 젖혀졌다. 그는 양손을 펴서 레나의 가슴에 댄 채 수차례 압박하기 시작했다. 꽉

막힌 숨이 울컥하고 밖으로 빠져나왔다.

"레나, 정신이 드니?"

엄마의 목소리였다.

"서두르는 게 좋겠어요."

"너무 서두르지 말아요. 천천히 합시다."

아빠였다.

"레나는 어느 때보다 안정이 필요해요."

"미안해요. 맘이 급해서."

레나가 자신의 얼굴을 쓰다듬고 있는 손을 잡았다. 레나는 순간 의아한 생각이 들었다. 언젠가 우리가 이런 대화를 한 적이 있었나? 레나는 지난 어떤 날을 기억해 내려 애썼다. 하지만 아무리 애써도 기억나지 않았다. 그렇다면 이건 현실인가?

"레나, 나야 수후!"

"수후!"

레나가 정신을 차렸을 때 어렴풋이 누군가 자신을 내려다보고 있다는 것을 알아차렸다. 그는 손을 뻗어 검지와 중지를 목 주변에 갔다 대고 살짝 눌렀다. 맥박을 확인하는 것 같았다.

"레나, 어서 여기를 벗어나야 해."

수후가 레나의 귓가에 속삭였다. 레나는 차츰 의식을 회복했다.

"서두르자."

엄마와 아빠가 레나의 들것을 들었다. 엄마가 앞장 서 걸었다. 레나는 자신이 이미 라비의 길에 이르렀음을 깨달았다. 끝없이 이어질 것처럼 보이던 황량한 들판이 어느 순간 끝이 났다. 그리고 무성한 숲이 눈앞에 나타났다. 레나는 들것에서 몸을 조금 일으켰다.

"레나, 라비의 길이야!"

옆에서 걷던 수후가 나직이 말했다. 레나는 자신의 가슴이 뛰는 것을 느꼈다. 엄마와 아빠와 수후까지 있으니 어디면 어떠랴 싶었지만 막상 라비의 길에 들어서자 새로운 감정이 솟았다.

"라비의 길 끝에 카팡이 있어!"

"그런데 저들이 가만히 있을까?"

"넬리작스가 펄펄 뛰겠는데."

"아마 영원히 쉬쉬할걸."

"하긴, 그는 바보가 아니니까 그렇겠다."

레나와 수후의 대화는 끝이 없었다. 그동안 조심스러웠던 모든 상황이 사라졌다. 더는 조심해야 할 무엇도 없었다. 황량하기만 하던 길이 끝나 있었다.

"아, 숲이 무성해."

황폐한 황무지가 끝나고 주변에 푸른 숲이 펼쳐지고 있는 길을 아빠와 엄마가 앞서 걷고 있었다. 그때 뱃속에서 요란한 태동이 느껴졌다. 레나가 자신의 배를 쓸었다.

"타민디제 몬다제!"

레나가 속삭였다.

"사랑하는 것은 즐겁다!"

수후가 레나의 말을 받았다. 엄마와 아빠가 그런 수후와 레나를 돌아보며 미소 지었다. 그들도 사랑하는 것이 즐거워 보였다. 카팡이 가까워지고 있었다.

6.

파마의 성

파마의 성

"제란은 어떠니?"

드디어 쉐이 할머니가 돌아왔다. 할머니는 어제 저녁부터 우리와 함께 밤을 샜다. 그런데 새벽녘이 되자 자리를 털고 일어섰다. 도저히 이대로는 안 되겠다는 것이다.

"할머니, 무사히 다녀오신 거예요?"

파리메가 자리를 박차고 일어났다. 하지만 나는 그럴 수가 없었다. 제란의 곁을 한 시도 떠날 수가 없었다. 제란의 몸이 곧 사라질 것처럼 위태로워 보였기 때문이다. 나는 제란의 몸의 일부가 사라지기 시작한 때가 언제부터였는지 기억을 더듬었다. 벌써 열흘을 넘기고 있었다. 나는 두려웠다. 이러다 진짜 제란을 잃게 되는 것은 아닐까 하는 불안이 머릿속을 헤집고 다니기 시작했다.

“이런, 제란! 더는 미룰 수가 없게 되었구나.”

할머니가 제란을 보고 던진 첫마디였다. 제란은 몇 시간 전의 모습이 아니었다. 그새 팔과 다리가 거의 사라져 희미했다.

“할머니, 지도는 구했어요?”

할머니의 안부를 확인한 파리메가 다급하게 물었다. 사실 나도 할머니 손을 먼저 봤던 게 사실이었다. 하지만 할머니 손은 비어 있었다.

“퀘야 아줌마는 만났어요?”

나는 더 참지 못하고 할머니에게 물었다. 할머니는 주변을 살피더니 검지를 입으로 가져갔다. 벽에도 귀가 붙어 있다는 옛말을 할머니는 믿고 있었다. 처음 할머니의 말을 듣고 나와 파리메는 무슨 벽에 귀가 있느냐며 코웃음을 쳤지만 그건 사실이었다. 아무 의미 없이 뱉은 혼잣말이나 파리메와 나눴던 속삭임까지 꼬리에 꼬리를 물고 커져서 내게 되돌아오곤 했다. 나는 입을 닫았다. 그건 파리메도 마찬가지였다. 방 안에 침묵이 흘렀다. 그러자 입을 꾹 다문 할머니가 통이 넓은 바지에서 그림 한 장을 꺼냈다. 할머니는 방바닥에 그것을 펼쳤다. 그림을 본 나는 얼른 입을 막았다. 하지만 새어 나오는 소리까지는 어떻게 할 수가 없었다. ‘허걱’ 하는 소리가 나와 파리메의 입에서 동시에 터져 나왔다. 서로 눈을 맞춘 우리는 입을 틀어막았다.

"신화 속 악마잖아요?"

참지 못한 내가 기어이 입을 열었다. 미스 파마는 흉측했다. 온몸이 깃털로 덮여 있었다. 그 많은 털 밑으로 수많은 눈이 깨어 있었다. 거기다 깃털 하나하나에는 혀가 달려 있었다. 그것들은 소리를 엿듣는 귀와 소리를 실어 나르는 입이었다.

"맞아. 미스 파마야."

"악마, 아니 미스 파마가 살아 있는 것 같아요."

"살아 있다 마다. 미스 파마는 죽지 않았어. 죽지 않았을 뿐만 아니라 여전히 사냥감을 찾아 헤매고 있단다."

할머니가 허공을 향해 말했다. 마치 보이지 않는 뭔가를 향해 '네가 거기 있는 거 다 알아' 하는 것 같았다.

"보나, 방법이 하나밖에 없다는 구나. 퀘야 말이 미스 파마를 만나 단판을 짓는 수밖에 방도가 없대."

"세상에, 저런 악마를 만나야 한다고요?"

파리메가 소리쳤다.

"나이를 먹는다는 게 꼭 나쁜 것만은 아니더구나."

나는 할머니의 다음 말을 기다렸다.

"퀘야에게서 피스 파마의 이야기를 전해 듣자마자 돌아가신 아버지가 떠올랐어. 아버지는 뱃사람이었단다. 바다에서 돌아오면 아버지는 날 무릎에 앉히고 자신이 겪은 이야기를 들려주곤 했었지. 그중 하나가 미스 파마에 관한 거였어. 미스 파마는 밀물과 썰물이 바뀌는 순간 만들어지는 공간, 바로 그곳에 산다고 했어."

할머니는 단숨에 말을 마쳤다.

"조간대 말이에요?"

"역시, 보나구나!"

할머니는 내가 말귀를 알아듣자 무척 반가워했다.

나는 경계의 미학이란 말이 떠올랐다. 조간대란 바로 그런 곳이다. 바다의 밀물과 썰물이 바뀔 때 나타났다 잠기고, 잠겼다 다시 나타나는 공간을 이르는 말이기도 하다. 그러니까 더 엄밀히 말하자면 조간대는 바다와 땅의 경계였다. 또한 바다가 들숨과 날숨의 변화에 적응하며 독립된 세계를 꾸리는 곳이기도 했다.

"세상에 그런 곳이 있어요?"

파리메가 물었다.

"있지, 있고말고. 바로 케코바에 있는 수중 도시 시메나란다."

"지진으로 가라앉는 그 시메나요?"

"뭬야 말이, 그곳이 미스 파마의 거처라는 구나."

"보나, 꼭 우리가 가야 하는 거야?"

"제란의 일이잖아."

"그렇지, 제란의 일이지. 그리고 내 탓이 전혀 없다고는 할 수 없으니까……."

파리메가 울상을 했다.

"보나, 파리메, 명심해라. 바다가 열리는 순간이란다."

할머니가 내게 지도를 건넸다. 둥글게 말린 지도는 그냥 종이 한 장으로 보일 뿐이었다. 저 안에 미스 파마가 꿈틀거리고 있다는 생각은 들지 않았다. 나는 배낭의 가장 깊숙한 곳에 지도를 넣었다.

"보나, 살렙과 고즐레메야. 너희에게 도움이 됐으면 좋겠구나."

배낭을 꾸리는 사이 쉐이 할머니는 도시락을 쌌다.

"미스 파마가 이거나 먹고 떨어지면 좋겠네."

파리메가 시무룩하게 말했다. 나는 주머니에서 이블 아이 하나를 꺼내 파리메의 팔에 채워 주었다. 파리메가 그새 생기를 찾았다.

"제란 것도 있어?"

"당연하지."

나는 빨간색 이블 아이를 사라지고 있는 제란의 팔을 더듬어 채웠다. 팔찌는 빈 허공에 떠 있는 듯했다. 그리고 마지막 하나는 나의 오른팔에 채웠다. 이것으로 나는 파리메와 제란과 함께 하나로 연결된 셈이었다.

어제 저녁, 제란의 곁을 지키면서 이블 아이를 엮어 팔찌를 만들었다. 악마의 눈을 뜻하는 이블 아이는 악의적으로 상대를 노려보는 것으로, 상대에게 저주를 거는 동시에 본인에게는 액운을 막아 주는 부적이다. 사시처럼 생긴 눈동자 문양을 나자르본주 라고 하는데, 그 뜻이 악마의 눈동자였다. 나는 나자르본주를 엮으면서 제란이 얼른 우리 곁으로 돌아오길 빌었다.

"얘들아, 명심해야 한다. 모든 것은 밀물이 끝나기 전에야!"

할머니가 아까 했던 말을 또 했다.

"어른들은 저게 문제라니까. 했던 말을 하고 또 하고, 다 알아들었는데 너무 지겹잖아. 안 그래, 보나?"

파리메가 답답하다는 듯 할머니 말을 막았다. 할머니가 그런 파리메의 머리를 콩 쥐어박았다. 파리메는 쥐어박혀도 싸다. 나는 '바다가 열리는 게 끝나기 전에, 밀물이 끝나기 전에!'를 뇌고 또 되뇌었다. 할머니 말은 열 번을 들어도 또 들어야 할 이유가 있었다. 그런데다 이번만큼은 꼭 새겨들어야 할 이유가 충분했다.

"얘들아, 우리 제란 부탁한다."

"아, 걱정하지 말아요. 내가 제란을 꼭 구할 거니까."

파리메가 손가락 V자를 그렸다. 마침 아침 햇살이 떠오르고 있었다. 파리메의 손목에 있던 이블 아이가 햇살을 받아 튕겨 냈다. 때를 맞춰 악마의 눈이 번쩍하고 눈을 떴다. 조짐이 좋았다.

나도 팔을 들어 햇살에 이블 아이를 비춰 보았다. 그러자 나자르 본주가 눈을 부릅떴다. 나는 쾌재를 불렀다. 이곳에서는 어떤 일을 시작할 때 이블 아이를 햇살에 비춰 보는 풍습이 있다. 그때 악마의 눈이 빛을 발하면 모든 일이 순조롭게 풀린다는 의미를 담고 있다.

"무사하기를……."

할머니가 도시락을 건네며 간절한 눈빛을 보냈다. 나와 파리메는 곧 제란의 집을 벗어났다. 구불구불 이어진 골목길이 나타났다. 우리는 서둘러 비탈을 내려왔다. 습하고 뜨듯한 지중해의 겨울바람이 코끝에 감겼다. 옹기종기 모여 있는 동네는 모두 주황색 지붕을 덮어 쓴 채 조용했다. 여느 때와 똑같았다. 평온하고 조금 부산스러운 활기가 느껴졌다. 하지만 동네는 미스 파마의 손에 들어간 지 오래였다. 그 중심에 제란이 있었다. 제란을 둘러싼 소문은 전염병의 바이러스가 유포되는 것처럼 번져 나갔다. 비감염자가 감염자와 접촉했을 때처럼 소문은 그렇게 옮겨갔다. 소문은 날개보다 빠르고 물보다 축축했다.

골목을 빠져나왔다. 멀리 바다가 보였다. 나는 시간을 가늠했다. 이제 곧 우리를 태우고 갈 돌무쉬가 나타날 시간이었다. 파리메는 아무 말이 없었다. 늘 종알대던 모습이 아니었다. 그럴만도 했다. 제란의 상태는 생각보다 심각했고, 그 때문에 나는 물론이고 파리메도 미스 파마를 만나야 했다. 그러니 생각이 많아지는 것도 당연했다. 나는 그런 파리메가 대견했다.

"파리메, 너무 걱정하지 마."

"걱정은 무슨……."

"나도 다 알아. 네가 제란을 얼마나 사랑하는지 말이야."

"그래, 보나. 난 제란을 사랑해. 하지만 지금 난 배가 고파 쓰러질 지경이야. 그래서 이 도시락을 언제쯤 먹으면 좋을까 생각 중인 거고."

아, 난 늘 이렇게 파리메를 오해한다. 나는 한숨이 나왔다. 내 머릿속은 온통 어떻게 하면 미스 파마와 단판을 지을지, 또 어떻게 하면 제란이 사라지지 않게 할지, 수중 도시인 시메나를 찾는다 해도 물때에 맞춰 나타나는 조간대를 만날 수 있을지 모든 게 걱정투성이었다. 그런데 파리메는 이 와중에 도시락 타령이라니 기가 막혔다.

"돌무쉬는 언제 오는 거야?"

시작도 안 했는데 벌써부터 파리메가 짜증을 냈다. 나는 잠시 갈등했다. 배낭 속에 든 고즐레메 한 조각을 줄까 하는 생각이 들었다. 하지만 밀물까지 기다리려면 아직 시간이 너무 많이 남아 있었다. 잠깐의 허기는 그냥 달래는 것이 좋았다.

"저기, 돌무쉬다."

마침 기다리던 돌무쉬가 모퉁이를 돌아 나타났다. 그나마 다행이었다. 파리메가 날름 버스에 올랐다. 미니버스인 돌무쉬는 나와 파리메를 싣고 해안도로를 달리기 시작했다. 한참을 달린 돌무쉬가 카쉬의 선착장에 도착했다. 아침을 맞은 선착장은 사람들로 북적이고 있었다. 때마침 선착장에는 케코바로 가는 배가 우리를 기다리고 있었다. 아니 출항을 서두르고 있었다.

"잠깐 쉴 틈도 없는 거야?"

파리메가 투덜댔다. 나는 못 들은 척했다. 지금은 파리메의 시선을 돌릴 필요가 있었다. 마침 배가 눈에 띄었다.

"세상에, 파리메. 저렇게 큰 배 본 적 있어?"

"정말 그렇네!"

파리메는 흥분을 감추지 못했다. 일단 안심이었다. 저 정도의 반응이라면 배고픔과 피곤은 잠시 잊게 할 수 있을 듯했다. 나는 파리메를 앞장세웠다. 그러고는 우리를 케코바에 데려다 줄 배에 올랐다.

케코바에 어둠이 내리고 있었다.

잠깐 머문 석양에 바다가 파도 사이로 속살을 드러냈다. 바다 밑으로 가라앉은 수중 도시인 시메나가 손에 잡힐 듯 다가왔다. 물결이 흔들릴 때마다 투명한 물빛 아래로 흘러가 버린 도시의

잔영이 일렁이고 있었다. 성벽과 돌담, 거리며 계단 등이 물 아래로 흐릿하게 모습을 드러냈다.

"보나야, 드디어 바다가 밀려나기 시작했어."

"그래, 바다가 몸을 바꿀 때가 된 거야. 지금 썰물이 시작되고 다시 밀물이 밀려오기 전까지 미스 파마를 만나 담판을 져야 해."

"할머니가 오늘은 밀물과 썰물의 차가 가장 적다는 '조금'이라고 했어."

파리메의 말이 맞았다. 오늘은 달, 태양, 지구가 완벽한 삼각형 구조들 이루는 조금이었다. 파마의 성이 유일하게 모습을 드러내는 순간이기도 했다. 아무리 멀리 떨어져 있어도, 어디에서 무슨 일이 일어나고 있는지, 모든 것이 파마에게 보이고 들린다는 것이다. 하지만 달, 태양, 지구가 일직선 위에 놓인 사리 때는 천하의 미스 파마라도 자신을 감춘 채 모습을 드러내지 않았다. 그러니까 완벽한 트라이앵글이 된 지금이 미스 파마를 만나기에 딱 좋은 때였다.

"밀물이 끝나기 전에 무슨 일이 있어도 일을 끝내야 해."

"밀물이 끝나기 전에!"

파리메가 내 말을 따라했다. 마치 이것만은 잊지 말자고 스스로에게 다짐하는 듯했다.

"완벽한 트라이앵글이 될 때를 기다려야 해."

"보나, 무지 으스스하다. 제발 먹을 것 좀 ……."

"쉿!"

보나는 또 먹을 것 타령을 했다. 이대로 두다간 무슨 일이 일어날지 몰랐다. 나는 서둘러 살렙이 든 병을 내밀었다. 살렙은 난의 뿌리를 가루 낸 것을 우유에 섞어 만든 차였다. 부드러운 연유 향이 코끝에 감겨 왔다. 나도 모르게 입에 침이 고였다. 파리메가 살렙 병을 내밀었다. 정작 자신은 마시지도 않은 상태였다. 나는 못 이기는 척 살렙을 마셨다. 움츠린 몸이 조금 풀렸다.

그때 바다가 몸을 뒤채기 시작했다. 바닷물이 조금씩 빠져 나가고 있었다. 바다가 속살을 보이기 시작한 것이다. 시간이 흐를수록 젖은 모래가 드러났다. 조간대였다. 나는 가방을 단단히 조여 맸다. 서걱거리는 모래가 발밑에 느껴졌다. 걸음을 옮길 때마다 느껴지는 갈파래의 미끌거림과 모래의 서걱거림으로 걸음이 늦어지고 있었다. 한참을 걸어가자 물속에 돌계단이 모습을 드러냈다. 계단은 바다 밑으로 길게 뻗어 있었다.

"계단이 마치 소라 속 같아."

내가 속삭였다. 그러자 저 멀리 깊은 곳에서 '계단이 마치 소라 속 같아' 하는 웅웅거림이 들려왔다. 내가 주춤 섰다. 그러자 뒤따라오던 파리메가 내 손을 잡았다. 계단은 소라의 속처럼 끝없이 이어지고 있었다. 나는 천천히 계단을 향해 나아갔다. 그러자 어느 순간, 깊은 침묵이 찾아왔다. 먼 바다에서 들려오던 뱃고동 소리도, 집을 찾아 부산하게 날던 새의 날갯짓도, 계단의 웅웅거림도 사라지고 없었다. 드디어 수중 도시 시메나에 도착한 것이다.

"파라메, 시메나야!"

내가 파리메 귀에 속삭였다.

"벌써? 우리가 벌써 무시무시한 파마의 성에 온 거라고?"

놀란 파리메가 떠벌리듯 물었다. 내가 검지를 들어 파리메의 입을 막았다.

"맞아, 파마의 성이야. 이제부터 최대한 속삭이듯 말해야 해."

수중 도시 시메나는 직경이 44m에 달했다. 그 가운데 황금빛 돔으로 이어진 성이 우뚝 서 있었다. 성의 외벽은 녹주옥으로 장식돼 있었고, 네 개의 첨탑 위로 나팔수의 망루가 보였다. 성문은 굳게 닫혀 있었다. 나는 민첩하게 움직여서 신중하게 성문을 밀었다. 문이 열리는 순간, 귀를 찢는 듯한 굉음이 문을 뚫고 나왔다. 나와 파리메가 귀를 막고 주저앉았다. 하지만 소용없었다. 귀를 찢는 듯한 소음은 진실과 거짓으로 쌍을 이룬 채 뒤섞였다. 그렇게 변형되고 증가된 소음이 성안을 헤집고 있었다.

"보나, 내 몸이 떴어."

나는 발아래를 내려다봤다. 한 뼘만큼 발이 공중에 떠 있었다. 거기다 더 놀라운 것은 주위의 생각이 흘러가듯 성이 흘러가고 있었다. 성은 잠시도 가만히 멈춰 있지 않고 마치 회전목마처럼 돌고 있었다. 나와 파리메는 그 소용돌이를 뚫고 들어갔다. 우리는 공중에 뜬 채 걷는 것보다는 빨리, 나는 것보다는 느리게 몸을 움직이고 있었다. 나는 고개를 들어 성안을 살피기 시작했다. 성은 바닥과 외벽에 구멍 수천 개가 뚫려 있었다. 그곳으로 소리의 울림인 음향과 반향들, 재잘대는 소리와 군중 속에서 나는 잡음이 쉴 새 없이 드나들고 있었다. 나는 파리메의 손을 잡고 걷는 듯 날아갔다.

"보나, 저기 봐."

"저건 소문의 지도잖아."

"그럼 할머니가 주신 건 뭐야?"

"미지의 힘이 진짜 소문의 지도였어!"

"미지의 힘?"

나는 성의 내벽을 눈여겨보았다. 그곳에는 눈에 보이지 않는 힘이 작용하고 있었다. 그것은 뭐라 이름 붙일 수 없는 어떤 자였다. 그 자는 특별한 영향력을 가진 존재로 소문의 측면에서 볼 때 일종의 빈자리였다. 미스 파마에게 있어 유일하게 긍정적인 존재이고 명예의 상징인 미지의 힘이었다. 소문의 지도인 미지의 힘은 곧 황금빛 독수리로 변신을 했다.

"보나님, 오사를 무사히 지나오셨군요."

"보나님?"

파리메가 독수리와 나를 번갈아 쳐다봤다. 영문을 모르긴 나도 마찬가지였다. 나는 어깨를 으쓱했다.

"오사라니?"

이번에도 파리메였다.

"방금 두 분이 지나오신 곳은 사소한 말이 드나드는 곳으로 오사라고 하지요."

"보나, 나 돌아버리기 직전이야. 독수리가 말을 하지 않나, 갑자기 너에게 보나님이라고 하질 않나, 이게 다 무슨 말이야?"

"파리메, 나도 어리둥절하기는 마찬가지야."

"그렇긴 하네. 나랑 같이 온 네가 뭘 더 알 수 있겠어."

"맞아, 그냥 조금만 더 가 보자."

"두 분은 저를 따라 오십시오."

파리메가 두 분이라는 말에 비로소 미소를 지었다. 독수리는 나와 파리메를 조금 앞서 날고 있었다. 독수리의 날갯짓이 힘찼다.

"성의 중앙이자 소문의 발생지인 바키스입니다."

포름이 나타났다. 성안을 휘감고 돌던 소용돌이가 멈췄다. 독수리는 나와 파리메를 광장의 중앙으로 이끌었다. 눈앞에 대양의 신인 오케아노스가 말 두마리가 끄는 조개껍질 모양의 마차에 올라 서 있었다. 두 말은 바다의 신 트리톤이 끌고 있었다. 말 두마리는 고요한 바다와 격동의 바다를 상징했다. 왼쪽에 있는 저항하는 트리톤은 거친 바다를, 오른쪽의 온순한 해마와 고둥을 부는 트리톤은 잔잔한 바다를 상징했다. 해마의 어깨에 달린 날개는 금방이라도 파도를 가르며 날아오를 것만 같았다. 오케아노스의 발아래로 맑은 물이 흘러내렸다.

"보나님, 저 고둥이 필요해요."

독소리가 나에게 말했다. 나는 자꾸 '보나님, 보나님' 하는 독수리가 영 어색했다. 그리고 아까부터 파리메가 눈치를 심하게 주고 있는 것이 사실이었다. 하지만 내친김이었다.

"파리메, 여기에 물 좀 담아 줘."

파리메가 너는 뭐하고 하는 얼굴로 나를 봤다. 나는 아무 말 없이 독수리가 말한 고둥을 쳐다봤다.

"알았어, 하면 될 거 아냐."

파리메가 볼멘소리를 했다. 나는 조심스럽게 움직였다. 대리석으로 만들어진 조각상을 밟고 올라간다는 것도 그랬지만 남의 것을 함부로 가져온다는 것도 썩 내키지 않는 일이었다.

"보나님, 조심하셔요!"

독수리가 외쳤다. 놀란 내가 위를 쳐다봤다. 적의가 가득한 눈이 나를 노려보고 있었다. 곱사등이 난장이었다. 그는 흉측하기 그지없었다. 주둥이가 귀 있는 데까지 찢어져 있고, 마흔아홉 개의 혀는 일곱 개에서 다시 일곱 갈래로 갈라져 있었다. 그의 입에서는 쉴 새 없는 중얼거림이 흘러나왔다. 풍문이었다. 그가 읊조리고 있는 풍문은 모두 제란에 관한 것이었다.

"아마도 제란은 악마의 자식일 거야. 그러니까 마녀가 맞는 게 틀림없어."

"그런데 말이야, 마녀가 아이를 가지면 그 아이는 뭐가 되는 거야?"

"뭐가 되긴, 악마의 자식이니 악마가 되거나 마녀가 되는 게 당연하겠지."

"벌써 애를 낳아 자기 손으로 버렸다는 말고 있고, 죽였다는 말도 있던걸."

"어린 게 겁도 없지."

나는 기가 막혔다. 어쩌다 제란이 소문의 희생양이 된 것인지 안타깝기 그지없었다. 더는 헛소리를 듣지 않기 위해 귀를 막았다. 하지만 소용없는 일이었다. 불편하고 지저분한 소문은 귀를 막을수록 가슴 깊이 박혀 들었다. 나는 정신을 차렸다. 그저 피한다고 될 일이 아니었다. 그랬다면 여기까지 올 이유도 없었다. 나는 풍문의 움직임이 이상하다는 걸 깨달았다. 다리에서 삐걱

대는 소리가 났다. 조각상에 이리저리 머리를 부딪치고 있었다. 나는 그의 눈앞에 내 얼굴을 바짝 들이밀었다. 하지만 그는 아무런 반응도 보이지 않았다. 그는 눈이 안 보이는 장님이었다. 그러니까 나를 향해 부릅뜬 눈은 가짜였다.

"보나, 그만 가자. 무서워 죽겠어."

물병을 든 파리메가 울부짖었다. 풍문이 즉각 반응했다. 그의 귀는 눈과 달랐던 것이다. 풍문이 파리메가 있는 쪽을 향해 귀를 열고 방향을 가늠했다. 그러고는 재빠르게 모든 소리를 주워 담았다. 보기 싫게 찢어진 입과 빨간 혀를 날름거리고 있었다. 그 순간 파리메는 아무 소리도 내지 못하고 그 자리에서 굳어 버렸다. 나는 서둘러 석상을 내려왔다. 어떻게 해서든 파리메에게서 풍문을 떼어 놓아야 했다. 나는 배낭을 열어 고즐레메를 꺼냈다. 싱싱한 야채와 고소한 고기 냄새가 고즐레메에서 흘러나왔다. 풍문의 발 앞에 잘게 부순 고즐레메를 흩뿌리기 시작했다.

"흠흠, 음식 냄새로군."

역시나 내 생각이 맞았다. 그는 오랫동안 아무것도 먹지 못해 허기져 있는 게 틀림없었다. 흥분한 풍문이 코를 벌름댔다. 붉은 혀 사이로 침이 흘러 내렸다. 하지만 그의 코는 눈만큼이나 보잘것 없었다. 나는 남은 조각을 풍문에게서 멀리 떨어진 곳으로 던져 버렸다. 풍문이 고즐레메를 찾아 헤매기 시작했다.

"지금이야!"

나는 조각상을 향해 움직였다. 바스락 소리도 내서는 안 됐다. 해마의 날개에 의지한 채 고등을 가슴에 안고 내려왔다. 그 사이 고즐레메를 찾은 풍문은 허겁지겁 그것을 먹어 치우고 있었다. 고기 조각이 더러운 침과 함께 턱 아래로 흘러내렸다.

"아깝다, 고즐레메."

파리메가 배고파 죽겠다는 얼굴을 했다. 그건 나도 마찬가지였다. 쉐이 할머니의 고즐레메는 쫄깃하고 감칠맛이 나는 게 단연 최고였다.

"보나님, 서둘러야 합니다."

잠시 잊고 있던 황금 독수리의 목소리가 들려왔다. 나는 고둥을, 파리메는 물병을 든 채였다. 포름을 빠져 나오자 끝없는 회랑이 이어지고 있었다.

"여기는 파티스입니다. 소문의 유포지이면서 잡담의 장소이지요."

독수리의 말이 채 끝나기도 전에 귀를 찢는 듯한 하프 소리가 뜨거운 모래 바람을 일으키고 있었다. 바람의 신 아이올로스가 하프 연주를 하고 있었다. 그는 악평인 양철 하프와 호평인 황금색 트럼펫을 동시에 가지고 있었다. 하지만 불행히도 그는 악평인 양철 하프를 연주하는 중이었다. 악평인 하프의 현은 바탕음의 배음들이 옥타브 8도, 혹은 12도와 제2 옥타브 음이 차례로 소리를 내질렀다. 악평의 현을 진동시키고 있는 것은 다름 아닌 바람의 압력이었다.

하프 연주가 빨라지고 있었다. 그러자 목마름이 찾아왔다. 입이 바싹 타기 시작했다. 악평인 하프 소리는 목마름뿐 아니라 수많은 사람을 부르고 있었다. 회랑의 홀을 향해 사람들이 떼를 지어 몰려들었다. 그들은 말하는 사람, 듣는 사람, 전달하는 사람으로 뒤섞여 있었다. 누군가가 어떤 것을 들으면 그는 즉시 다른 사람에게 가서 똑같이 전했다. 자신이 방금 전에 들은 그대로를. 시끄러운 음악 소리에 뒤섞인 잡담은 사람들이 뒤엉켜 싸우는 것처럼 느껴졌다.

"보나, 이 물 좀……."

파리메가 더는 참지 못하고 회랑에 주저앉았다.

"여기서 물을 마셔서는 안 됩니다."

"더는 참을 수가 없어요."

파리메의 입술이 하얗게 타들어 가고 있었다. 다급해진 내가 독수리를 쳐다봤다.

"여기서 물을 마셨다간 보나님도 저들처럼 되고 말 거예요."

"보나, 제발!"

다시 파리메가 보챘다. 나도 파리메만큼이나 물이 간절했다.

혀가 목 안으로 말려 들어가는 것 같았다.

"파리메, 네 차례야."

파리메가 벌떡 일어났다.

"지금 네가 가지고 있는 악마의 눈이 필요해!"

"아씨, 무슨 개 같은 소리야?"

파리메가 악을 썼다. 물이 아닌 다른 것이 필요하다는 말에 화가 끝까지 난 모양이었다.

"네 팔찌 말이야."

"이게 뭐?"

파리메가 팔을 흔들었다. 나는 파리메의 손과 내 손을 크로스했다. 붉은색의 악마의 눈과 파란색의 악마의 눈이 동시에 아이올로스의 하프를 겨냥한 것이다. 그 순간 하프가 비명을 질렀다. 악평인 하프의 현이 흐드득하고 끊어졌다. 작은 흐느낌으로 변한 하프는 더는 아무 소리도 내지 않았다. 때를 맞춰, 모래바람이 힘을 잃어 갔다. 시끄럽게 떠들던 사람들이 입을 다물고 조용해졌다.

"잘했어요."

독수리가 말했다.

"파리메, 아이올로스님의 황금색 트럼펫을 가져와요."

"어마, 독수리님. 별꼴이야. 누군 보나님이고, 누군 파리메래."

파리메가 투덜댔다. 하지만 기분이 나빠 보이지는 않았다. 독수리가 처음으로 자신의 이름을 불러 준 것만으로도 고마운 눈치였다.

"보나님, 서둘러야겠어요. 벌써 밀물이 가까워지고 있어요."

독수리가 천정의 꼭대기까지 높이 치솟았다가 내려왔다.

"두 분 다 옷깃 단단히 여미세요."

"네, 독수리님."

파리메가 독수리를 향해 엄지손가락을 추켜세웠다. 파리메의 얼굴에 웃음이 가시기도 전에 얼음벽이 나타났다. 높은 얼음벽은 눈물을 흘리고 있는 것처럼 보였다. 녹아 내리는 것은 얼음벽뿐만이 아니었다. 여기저기 적인 이름의 흔적이 얼음과 함께 녹아내리고 있었다. 몇몇은 아주 녹아 버렸고, 이제 녹기 시작한 것도 있었다. 모두 소문에 의해 희생된 사람들의 이름이었다. 나는 급히 제란의 이름을 찾았다.

"말도 안 돼!"

파리메가 울음을 터뜨렸다. 제란의 이름은 희미하게 사라지고 있었다.

"뚝 그치세요."

독수리가 파리메를 향해 말했다.

"알아, 알아. 나도 안다구. 하지만 제란이 사라지고 있잖아."

파리메가 눈을 흘겼다. 나는 얼른 그런 파리메의 눈물을 닦아 줬다. 그사이 독수리가 언덕의 벽과 벽 사이의 틈으로 들어갔다. 그곳은 빛도, 소리도, 냄새도 심지어 공간마저 사라지고 없었다. 나는 허공을 걷고 있는 아찔한 기분에 사로잡혔다. 파리메가 내 옷깃을 잡았다. 숨 쉬는 것이 힘들어지고 있었다. 갑작스러운 어둠이 찾아왔다. 독수리의 몸에서 나오는 황금빛이 겨우 길을 밝혀 줄 뿐이었다.

"파마의 성입니다."

독수리가 외쳤다.

"소문의 마지막 단계이지요."

마침내 독수리는 빛을 잃어 버렸다. 드디어 문명의 영 시점에 도착한 것이다. 나는 집도, 도시도, 관목도, 풀도, 농지도 존재하지 않는 어떤 확장된 공간에 있는 자신을 발견했다. 미스 파마는 물결치는 파도처럼 육지, 바다, 하늘 사이의 한가운데에 그렇게 존재했다. 그녀가 여기에 거처를 마련한 까닭은 모든 사람이 하는 모든 말이 끊임없이 위쪽을 향해 나아가고 몰려들기 때문이었다. 모든 소리가 그녀에게로 이르렀다. 미스 파마는 시간의 너머에 존재했다. 그녀는 소문의 난폭한 폭력 행사자였다.

"감히 내 집에 발을 들여 놓다니!"

바다 밑바닥, 땅, 하늘을 동시에 울리는 듯한 소리가 들려왔다.

파마의 성에 존재하는 것은 말해진 언어의 울림과 목소리의 전파뿐이었다. 더는 아무것도 존재하지 않았다. 성은 길이가 무려 100㎞에 달했다. 기둥도 하나 없이 유지되고 있었다.

"수천 년 동안 이런 일은 처음이군, 그래."

미스 파마가 웃었다. 웃음이 심장을 얼어붙게 했다.

"내 친구 제란을 돌려줘!"

"인간들이 파멸시킨 사람을 나한테 돌려달라고?"

"당신은 나쁜 파마 말라야."

"그렇지, 난 나쁜 파마인 말라지. 하지만 인간들보다 내가 더 나쁠까?"

미스 파마가 다시 웃었다. 이번에는 자긍심을 훼손당한 자의 상처가 느껴졌다. 나는 파마의 얼굴이 궁금해 미칠 지경이었다. 그녀는 아직 자신의 존재를 드러내지 않고 있었다.

"미스 파마, 네 모습을 보여 줘."

"당돌하군. 하지만 내 집에 찾아온 사람이라면 그 정도는 돼야지. 암, 그렇고말고."

파마가 서서히 모습을 드러냈다. 그녀는 왕좌의 높은 곳, 붉은 루비가 반짝이는 카푼켈에 앉아 있었다. 그녀의 형상은 결코 자연이 만든 것 같지 않았다. 전혀 본 적이 없는 모습이었다. 그녀는 너무나 작았다. 키가 25㎝ 정도로 보였다. 하지만 곧 그 형상은 놀랍도록 커지는 중이었다. 분명히 두 발을 땅에 딛고 있음에도 불구하고 그녀의 머리는 아득한 하늘까지 치솟아 올랐다. 하지만 더 놀라운 것은 따로 있었다. 바로 그녀의 눈이었다. 그녀는 어떤 가금류의 깃털보다 많은 깃털을 달고 있었다. 그리고 짐승의 머리카락보다 더 많은 귀들과 더 많은 혀들이 그녀의 머리에서 자라나고 있었다. 발에서 자고새의 날개가 급속도로 자라났다. 그것은 미스 파마의 발을 뚫고 나왔다.

"루모레!"

미스 파마가 수많은 눈을 부릅떴다. 그러자 그녀의 부름에 응답하듯 건장한 남자가 방어 태세를 취하고 나타났다. 그의 손에는 화살 두 개가 들려 있었다. 그는 위험의 상징인 루머였다.

"루모레, 네 힘을 보여 주려무나."

미스 파마의 말이 떨어졌다. 그러자마자 루모레가 화살을 날렸다. 그는 활도 없이 맨손이었다.

"두 분, 빨리 이곳으로 피하셔요."

독수리가 자신의 날개를 펼쳤다. 나와 파리메가 재빨리 독수리의 날개 아래로 숨어들었다.

"감히 내 화살을 피한 건가!"

루모레의 화난 목소리가 파마의 성을 흔들었다. 우르릉대는 그의 목소리는 천둥소리처럼 성벽의 구멍을 메우고 있었다.

"트리톤의 고둥과 아이올로스의 황금빛 트럼펫이 필요해요."

독수리가 날개를 펴며 말했다. 나는 뿔고둥을 꺼내 파리메에게 건네고는 아이올로스의 황금빛 트럼펫에 입술을 갖다 댔다. 그러자 맑고 투명한 호평의 음율이 파마의 성을 에워쌌다. 멀뚱하던 파리메도 지지 않았다. 곧 뿔고둥의 힘찬 소리가 뿜어져 나왔다.

"감히, 내 루머를 압수하다니!"

화가 난 루모레가 긴 수염을 거칠게 잡아당겨 꼬기 시작했다. 그러더니 곧 바닥에 털썩 주저앉았다. 그는 트럼펫의 선율에 감전이라도 된 듯 흐물흐물해졌다.

"아, 말도 안 돼. 내 귀에 아이올로스의 찬사가 들리다니!"

그렇게 외친 루머는 바닥에 쓰러졌다. 그는 그렇게 힘을 잃고 있었다.

"보나님, 쉬지 말고 계속 불어요."

어쩐 일인지 독수리가 큰 소리로 보나에게 그렇게 말했다. 독수리는 미스 파마의 반응을 기다리고 있었다.

"보나, 보나 파마라고!"

갑자기 미스 파마가 울부짖기 시작했다.

"네가 나의 잃어버린 반쪽이란 말이냐?"

미스 파마가 라푼첼에서 내려왔다. 파마는 한달음에 내게로 달려왔다. 나는 아이올로스의 황금빛 트럼펫을 버렸다. 그러고는 독수리 쪽으로 뒷걸음질 쳤다.

"틀림없는 거냐? 네가 보나 파마라는 사실이?"

"나는 보나 파마가 아니에요. 나는 홍보나예요, 홍보나!"

"그래, 나의 반쪽 보나로구나. 널 잃어버린 순간 난 이렇게 흉측하게 변하고 말았단다. 너의 용기가 날 살렸구나. 보나, 나의 보나."

미스 파마가 날 덥석 안았다. 그러자 미스 파마의 놀라운 변신이 시작됐다. 그녀의 머리와 발꿈치에 날개가 돋기 시작한 것이다. 뾸고둥을 불고 있던 파리메가 눈을 동그랗게 떴다.

"나의 자매여, 네가 너의 친구를 살렸다."

"미스 파마님, 그 말이 사실인가요?"

파리메가 가슴에 손을 모으고 말했다.

"파리메, 말이란 모든 것의 시작인 동시에 끝이란 사실을 잊지 말도록!"

미스 파마가 싸늘하게 파리메를 쏘아봤다. 그건 파마 말라의 눈길이었다. 악평인 그녀가 영원히 사라질 리 없었다. 파리메가 움찔하며 뒤로 물러났다.

"보나님, 이제 떠나야 할 시간입니다."

독수리가 말했다.

"보나 파마가 떠나다니? 지금 막 만났는데 어디로 또 간다는 거냐?"

미스 파마가 내 손을 잡았다.

"저는 제 친구인 제란이 기다리는 곳으로 가야 합니다."

"하긴 이것이 보나 파마와 파마 말라의 운명이지!"

미스 파마가 긴 한숨을 내쉬었다. 그러자 미스 파마는 처음의 모습으로 돌아갔다. 라푼켈에 앉은 그녀의 곁으로 루모레가 활을 들고 나타났다. 그는 힘을 되찾고 있었다.

"보나님, 바다가 모습을 바꾸기 전에 떠나야 합니다."

독수리가 서두르고 있었다.

"파리메님, 뿔고둥을 불 차례입니다."

미스 파마에게 야단을 듣고 시무룩해있던 파리메가 힘차게 뿔고둥을 불었다. 그러자 맑은 음률을 타고 트리톤의 해마가 나타났다. 해마는 들떠서 활기차게 뛰어 올랐다. 그러자 바람결에 날개가 활짝 펴졌다. 나는 해마의 등에 올라타기 전, 살렙을 꺼냈다. 그리고 그것을 미스 파마에게 건넸다. 살렙은 여전히 따뜻했다.

"보나 파마, 명심해 주길 바란다. 내 힘이 너무 커지기 전에 나를 찾아오려무나, 그러니까 항상, 언제고, 한발 늦기 전에 말이야."

미스 파마가 작별 인사를 했다. 나는 고개를 끄덕이고 해마의 등에 올라탔다. 그 순간 트리톤의 해마가 힘찬 날갯짓을 했다.

우리는 순식간에 시메나를 통과했다. 그런 뒤 황금 독수리와 아쉬운 작별을 했다. 소문의 유일한 틈이자 빈자리이고, 또한 명예의 상징인 독수리는 파마의 성에 남아야 했다. 회전목마처럼 돌고 있는 파마의 성이 아스라했다.

먼 데서 바다가 몸을 푸는 소리가 들려왔다. 밀물이 끝나고 있었다. 다시 썰물이 시작된 수중 도시 시메나가 천천히 물에 잠기기 시작했다.